も女会の不適切《アイ・ド・ラ》な日常1

海冬レイジ

FB
Famitsu Bunko
ファミ通文庫

フランシス・ベーコンは言った。

「人間の知と力はひとつに合《ごう》する。原因が知られなくては結果は生じないから」


アイ・ド・ラは言った。

「貴方《あなた》がブヒブヒ言うしか能のないブタでも、〈新機関《ネオ・オルガノン》〉を知ったからには、運命を変える力があるということよ」

contents

本文イラスト／赤坂アカ

髪を伸ばして、と言われた。

「やだよ！　恥ずかしいよ！」

もちろん、僕は抵抗した。でも、相手は手強《てごわ》かった。

「切っちゃだめよ。切ったら、私も短くするからね」

ずるい、と思った。

だって、僕は知っている。彼女がどれだけ自分の髪を大事にしているか。

毎日手入れをして、つやつやで、さらさらの、綺麗《きれい》な黒髪。

僕のせいで、彼女がその髪をあきらめるなんてことは――


絶対に許されない、罪悪なんだ。

プロローグ

僕たちの不適切な日常#1

Q
「あなたにとって〈不適切〉とは?」
一般的な女子高校生
「それは――って何ゆわせんのよ痴漢!」
無表情の女子高校生
「……規制されるようなこと?」
先進的な女子中学生
「むしろ規制しようとする行為そのものです」
燃える女子高校生
「若人が青春を謳歌しないことよ!」
とある男子高校生
「……たぶん、僕たちの日常」

その日、僕は『のぞき魔《ま》』だった。


――あ、いや、違う！　それは事実じゃない！　断固《だんこ》として！

ただ客観的《きゃっかんてき》に見れば、そうとしか思えないってだけ。

よりにもよってバレンタインデーのお昼休み。

僕こと花輪《はなわ》廻《めぐる》はロッカーの中にいた。

わずかにあいた隙間《すきま》から、僕の天使が見える。

雪が降《ふ》り積《つ》もったみたいな、きれいな背中。なめらかなスロープは下に行くほど丸みを帯びて、やがて青少年の夢を打《う》ち砕《くだ》く『毛糸の』モコモコに到達《とうたつ》――

僕はあわてて目を閉じた。これじゃ本当の本当に変態《へんたい》だ！　のぞき行為《こうい》だ！

……いや、毛糸パンツには全然何も感じなかったけども。むしろ、泣けてきたけども。

でも、だからと言って、のぞいていいわけでもない。

僕の天使〈ちだね先輩《せんぱい》〉こと千種《ちぐさ》エスニカ先輩。

おばあさまが東欧人《とうおうじん》という彼女は、くっきりとした目鼻立ちの、それはもう大変な美少女だ。優しげな瞳《ひとみ》は紅茶色《こうちゃいろ》。髪は明るい栗色《くりいろ》で、ときどき金色に見える不思議《ふしぎ》な色味。決して重力に負けない胸は、制服越しにも激《はげ》しく自己主張している。

頭の上で髪がひと房、アンテナみたいに反っていて、独特の『ゆるさ』を醸《かも》し出《だ》している。そう、先輩は癒《い》やし系《けい》なのだ。パッと見たところは。

その彼女が今、僕の一メートル先で生着替え中。

ちなみにここは〈女子更衣室《こういしつ》〉ではなく、化学実習室《かがくじっしゅうしつ》の実験準備室《じっけんじゅんびしつ》。

何でここにロッカーがあるのかっていうと、化学実習室は僕たちの部室であり、先輩は理事長《りじちょう》の孫娘《まごむすめ》であり、理事長は政財界《せいざいかい》にも顔が利《き》く本物の権力者《けんりょくしゃ》だから。

つまり、れっきとした権力の濫用《らんよう》。我らがエスニカ誠心学園《せいしんがくえん》の暗部《あんぶ》である。

でも、僕は知らなかったんだ。先輩がここを更衣室代わりに使っていたなんて。

「ふう……人はみな、心にデバガメを飼っているようね」

そんな言葉が聞こえて、口から心臓《しんぞう》がハミ出そうになった。

えっ、バレてる？　先輩、僕に気付いてるっ？

変態扱いされた暗黒の中学時代を思い出し、僕はがくがく震《ふる》えた。

「こっそり、リンネくんのロッカーをのぞきたくなっちゃうな～」

何で⁉　やめて！　入ってます！　今、入ってますから！

「薄《うす》い本とか、たくさん隠《かく》してるんじゃないかな～？」

隠してないよ⁉　っていうか……薄い本って何？

「ううん、だめだめ！　のぞきなんて人として最低だもん！」

ざっくりと心をえぐられる僕。すみません、リアルタイムで最低野郎です……。

「これ以上の罪を重ねちゃだめよね——って、はわわっ⁉」

何かに驚いたような声。続いて、けほけほっと咳《せ》き込《こ》む声。

やましい気持ちなんてこれっぽっちもなかったけど、単純に先輩が心配だったから、僕はあくまでも純粋《じゅんすい》な気持ちで、鼻血をこらえながらロッカーの外をのぞいた。

先輩は体操《たいそう》着《ぎ》の上を着て、下は青と白のストライプだった。

……毛糸のパンツを脱いで、ジャージをはく直前だったらしい。

思わず鼻血を噴《ふ》きそうになる。でも、それに気付いた途端《とたん》、鼻血は引っ込んだ。

うっすら黄土色《おうどいろ》の煙《けむり》が、実習室の方から流れてくる！

絵に描《か》いたような毒《どく》ガスだ。しかも臭い。頭が痛い。目に染《し》みる！

僕まで咳き込みそうになる。必死で我慢《がまん》していると、実習室の扉《とびら》が開いた。

扉の向こうから一人の女子がやってくる。

腰《こし》まで届く黒髪は、なぜか上半分が真《ま》っ白《しろ》。染めているのか、変な実験の結果なのか、それはわからない。着込んだ白衣《はくい》がいかにも『理系女子』っぽい。

伸《の》ばし放題《ほうだい》の前髪はすこぶるテキトーにクリップでまとめられ、せっかくの美人顔を残念な印象にしている。無表情なところが鳥類みたいだし、見た目も白黒のツートンなので、彼女は『化学ペンギン』なんて呼ばれていた。

本名は大洞繭《おおぼらまゆ》。僕と同じ高一だ。

繭は携帯《けいたい》の画面に見入っている。メールに夢中で、危機的《ききてき》状況に気付いていない。

「もーっ、繭ったら何やってるのっ？」

ちだね先輩に叱《しか》られて、繭はようやく足もとの煙に気付いたようだ。

「この硫黄臭《いおうしゅう》……ちだね、おイモ食べ過ぎ？」

「原因はわたし⁉　違うよ、そんなレベルの危険じゃないよ！」

「あ……硫化水素《りゅうかすいそ》が漏《も》れたかも？」

「換気《かんき》ーっ！　換気しなきゃ！　繭は火をとめて！」

毒々しい色の気体をかきわけ、ちだね先輩は果敢《かかん》にも突入《とつにゅう》していく。

なお、煙の色は繭が独自につけたもので、『危ないとき、ひと目でわかる』工夫《くふう》だそうだ。そんな知恵を働かせる前に、危ないことをやめて欲しい。

ともかく、これは好都合《こうつごう》だ。繭と先輩が準備室を出て行く！

準備室は実習室だけじゃなく廊下《ろうか》ともつながっている。そちらから脱出すれば、先輩と鉢合《はちあ》わせする心配もない。

しかし――間が悪いとはこのことだ。

僕がロッカーを開けようとした途端、廊下側のドアが開いた。

げえっ！　ユーリ⁉

忍び足で入ってきたのは須唐座有理《すからざゆうり》。僕の従妹《いとこ》で、かつ義妹《いもうと》。

ふんわりウェーブのかかった髪を、頭の左右でくるりとまとめ、バラの花のように立体的に巻いている。すごく可愛《かわい》いけど、大変な手間がかかるだろう。

ユーリはカバンを大事そうに抱えながら、実習室の様子をうかがっている。先輩たちは換気作業に忙《いそが》しく、戻ってくる気配《けはい》はない。

「み、認めたくないものね。自分自身の、若さゆえのあやまち——リンネキモイ！」

どこかで聞いたような台詞《せりふ》を途中でやめて、ユーリはいきなり僕を罵《ののし》った。

「キモイったら本当キモイ！　これだから重力に縛《しば》られた人間は！」

一瞬、ロッカーに潜《ひそ》んでいるのがバレたのかと思ったけれど、どうやら独《ひと》り言《ごと》らしい。

……っていうか、独り言で僕を罵倒《ばとう》したの？

若干《じゃっかん》、鬱《うつ》になる僕。でも、落ち込んでいる場合じゃなかった。

ユーリはまっすぐ、こちらに近付いてくる。

ロッカーの薄い鉄板《てっぱん》を挟んで、一〇センチの距離で向かい合う僕たち。

僕の心臓は激しく暴れた。のぞき行為が義妹にバレたら、僕の人生は終わる！

ユーリはカバンに手を突っ込み、がさごそと中をまさぐった。お目当てのものはすぐに見つかったらしく、急いでロッカーに手をかける。

やっぱり、僕のロッカーを開けるつもりだ！

……いや、絶望《ぜつぼう》するのはまだ早い。

ユーリが気付くのは『僕がロッカーの中にいた』ことだけだ。先輩の着替えをのぞいていたことをユーリは知らない。ごまかす方法はある。

――という小さな希望は、もろくも打ち砕かれてしまった。

「いーい、繭？　アルコールランプのキャップは飾りじゃないの。ランプの愛を受け止めるためにあるんだからね？　健気《けなげ》な美少年だと思えば、絶対に忘れないからね？」

わけのわからない理屈《りくつ》で繭を叱りながら、ちだね先輩が戻ってくる。

思わず天を仰ぐ僕。ところが、僕以上に、ユーリの方がうろたえた。

「ちっ、ちちちだね先輩⁉」

「あ、ユーリちゃん。お昼休みに珍しいね。どうしたの？」

「え⁉　ええっと、若さゆえのあやまちというか何というか！　先輩こそ、どうしたんですか？　そんな、ぱんつ姿で」

思わず鼻血を噴きそうになって、僕はとっさに鼻を押さえた。

「えへへ、着替えの途中だったの♡」

「こんなところで？　あ……先輩、ひょっとして『ぼっち』の人？」

「違うよ⁉　ただちょっと、毛糸パンツが恥ずかしかったんだよ⁉」

「け、毛糸パンツ……⁉　それって、女子高生的にどうなんでしょう……？」

「いいの！　あったかいんだから！　それより、ユーリちゃんは何の用事？」

「ほほ本当に何でもないです！　リンネがきてるかなーって思っただけで！」

何か嘘《うそ》っぽい。でも、ちだね先輩は疑いもせず、「そっかー」と流してしまった。

これ幸いと、ユーリは逃げに回る。

「リンネはいないみたいだし、あたしは戻りますね！」

「それじゃ、また放課後《ほうかご》に会いましょう。わたしもそろそろ体育館に行かなくちゃ」

「わたしも実験に戻る」

「繭は授業に戻りなさい！」

いい流れだ。三人が三人とも準備室を出て行こうとしてる。

しかし——ほっとしたのもつかの間。

ぶいー、ぶいー、っと間の抜けたバイブレータ音が響き渡った。

音の発生源《はっせいげん》は僕の携帯だった。

差出人はたぶん、丸瀬市雛子《まるせいちひなこ》。

ちんまりとした体つきや、控《ひか》えめな表情を思い出す。小さな顔は高価なドールみたいに綺麗《きれい》……なんだけど、常に誰《だれ》かを呪《のろ》っているような、独特の負の気配をまとった少女

だ。宗教科コースに通うシスターの卵《たまご》で、まだ中等部の三年生。それでも、正式な部のメンバーだ。

ちょっと理由があって、雛子は四か月前から登校していない。その代わり、僕と頻繁《ひんぱん》にメールのやりとりがある。

ちだね先輩も、繭も、ユーリも、みんな黙《だま》りこくって、今の音を不審《ふしん》がっていた。

今度こそ死亡確定か……。はかなく笑って、僕が目を閉じたとき――

きんこんかんこん♪

『二年E組の千種エスニカさん。至急《しきゅう》、理事長室まできてください』

ぶーん、という重低音《じゅうていおん》とともに、校内放送が流れた。

「あ……放送の雑音《ざつおん》だったのね。おばあさまったら、何かな?」

ちだね先輩はあっさり納得《なっとく》した。先輩のそんなところが好きです!

ユーリは心配そうに声を潜《ひそ》め、

「まさか、こないだ先輩がやらかした爆発物取締法違反《ばくはつぶつとりしまりほういはん》の件――」

「買収《ばいしゅう》はとっくに済んでたから、もみ消しが上手《うま》くいった報告かな?」

なんていうゲスい発言とは裏腹《うらはら》に、ほえほえの天然《てんねん》オーラをまき散らしながら、先輩は準備室を出て行った。

ユーリはそそくさと逃げるように、繭はふらふらと、この場を後にする。

そして、準備室に静寂《せいじゃく》が戻ってきた。

助かった……。僕はどっと脱力《だつりょく》し、そして歓喜《かんき》した。

感動が込み上げてくる。生きてるって素晴らしい！

——なんて和《なご》んでいたのが悪かったのか。

愚《おろ》かにも、僕は完全に油断《ゆだん》していたんだ。ホラーやサスペンスの世界においては、緊張《きんちょう》が弛緩《しかん》したその一瞬こそが危険の大本命《だいほんめい》だというのに。

ロッカーから一歩出た瞬間、廊下側のドアが開いた。

「よう、リンネ。何やってんだ？」

「み……源《みなもと》——⁉」

すっきりとした細面《ほそおもて》に、涼《すず》しげな目元。ほどよく彫りの深い二枚目顔。僕より一〇センチ以上も背が高く、引き締まった胸板は厚すぎず、薄すぎない。メッシュの髪も耳のピアスもすごくしゃれている。でも決して不良っぽくない。

学園始まって以来の美形と言われる男子、源光《みなもとひかる》。

僕の大事な友達だ。けど、源は部員じゃない。

畜生《ちくしょう》、何しにきやがった！　僕の暗黒時代を再来させたいのか⁉

源はスタスタ僕の前まで歩いてきて、ぽんっと優しく肩を叩《たた》いた。

「わかってる。若さゆえのあやまちってヤツだよな？」

「それ流行《はや》ってるの!?　っていうか違うよ！　事故なんだよ！」

昼休みに入って早々、僕は野暮用で部室を訪《おとず》れた。用事はすぐに済み、ここまできたついでに、ロッカーから教科書を取り出そうとした。

そのとき、ちだね先輩がとなりの実習室に現れたので。

僕はほんの悪戯心《いたずらごころ》で、先輩を驚かそうと思い、ロッカーに隠れた。

準備室に入ってきた先輩は、一瞬で制服を脱いでしまい——

哀《あわ》れ、僕は脱出の機会を失った。

「信じてくれ源！　僕はのぞき目的じゃない！　そもそも、先輩がここを更衣室代わりにしてるなんて知らなかったんだ！」

「ここ、更衣室代わりなのか？」

そのとき、僕は自分の本当の愚かさを知った。

僕は馬鹿だ。源は別に、のぞきのことなんて知らなかったんだ。

若さゆえのあやまちってのは、『ロッカーに入ってみたくなる』心理を言っただけ。

「ち、違う！　今のは——」

「皆《みな》まで言うな、リンネ。こんなことくらいで、俺《おれ》はおまえを嫌ったりしない」

「源、優しい――！　けど、その優しさがすごく頭にくるからね⁉︎」

「誰にも言わないって。俺を信じろよ」

「まあ、そこは信じてるし、感謝もするけどさ……でも本当に違うからねっ？」

「わかったわかった。でさ、秘密を守る代わりと言っちゃなんだが……おまえにちょっと、頼みがあるんだ」

珍《めずら》しく歯切れが悪い。こんなハッキリしない源は初めて見た。

美形が困っていると、助けてあげたくなるものだ。まして彼は唯一《ゆいいつ》と言っていい同性の友人。当然、僕は笑顔で訊《き》いた。

「僕に？　何？」

そして、僕は衝撃的《しょうげきてき》な頼みごとをされた。

もっとも、衝撃的と言っても限度はある。クリティカルな危険も、戦慄《せんりつ》のサスペンスもない――それが僕たちの日常だ。

誰かはそれを、不適切と言うかもしれないけれど。

第一話

異端審問バレンタイン －前編－

Q「バレンタインの過ごし方」

一般的な男子高校生
「普段通り普段通り。意識とか全然してないしwww」

一般的な女子高校生
「べ、別に普段通りよ？ い、意識とか全然してないしね？」

大人びた女子高校生
「……あれは眺めるものであって、するものじゃないのよ」

百合的な女子高校生
「今年こそ先輩にあげたいです――わたし自身を」

実験厨
「特別調合のチョコレートをつくる。リンネがイチコロのやつ」

1

「生きるか死ぬか――キミには二つの道があるのよ」

ちだね先輩《せんぱい》は怒った顔で、ぴんっと人差し指を立てた。その拍子《ひょうし》に、今にも水着からこぼれ落ちそうな、白いふくらみがぷるんと揺《ゆ》れた。

実に非日常っぽい台詞《せりふ》だけど、僕たちがいるのは戦場でも異世界でもなく、いつもの化学実習室《かがくじっしゅうしつ》だ。ただし、教卓《きょうたく》の前には大きなビニールプールが置かれていて、若干《じゃっかん》の非日常っぽさを醸《かも》し出《だ》している。

プールは大人が遊べる特大サイズで、直径《ちょっけい》は三メートル近い。その中に、両手両足を針金で拘束《こうそく》され、椅子《いす》にくくりつけられた哀《あわ》れな子羊《こひつじ》――つまり僕がいた。

「ちょ……何ですかこの状況⁉　僕が何をしたって言うんですか⁉」

「それをこっちが訊《き》いてるの！　だからキミは生死の境目《さかいめ》に――え、生×死？」

たぷたぷと水（と胸）を揺らしながら、ちだね先輩が首を傾《かし》げる。

わけがわからず混乱する僕の前で、先輩はうーんと考え込んだ。

「どっちが前なのかしら……？　確かに、生死に関わるってゆうけど、死生観《しせいかん》ともゆうし。てゆか、『死×生♡観』ってすごくドキドキしちゃう字面《じづら》ね！」

「……何で鼻息荒いんですか？　っていうか、だからこの状況は何ですか？」

「そうだった！　リンネくん、本当のことをゆわないと生死に関わるよ⁉」

「だから何ですか本当のことって⁉」

「とぼけてもだめ。大人しく自分の罪《つみ》を告白しなさい。さもないと、懺悔《ざんげ》するまで絶対やめないくすぐりの刑に処すからね！」

「どっちみち罪を認める流れじゃないですか！」

なんてツッコミを入れながら、内心『それはむしろ天国だよなあ』と思ってしまった僕は決して変態《へんたい》じゃない。ごく普通の健全《けんぜん》な男子高校生だ。……まあ、たいていの男子高校生は変態じみてるけど。

拘束された僕の周囲を、いつものメンツが取り囲んでいる。

僕の天使にして、我がヘンテコ部の部長〈ちだね先輩〉と。

非道《ひどう》な人体実験もいとわない狂気《きょうき》のマッドサイエンティスト〈繭《まゆ》〉と。

従妹《いとこ》にして義妹《いもうと》という、複雑《ふくざつ》な家庭環境を感じさせる同級生〈ユーリ〉。

三人が三人とも水着姿で、先輩はフリルが可愛《かわい》いピンク、繭は背中が大きくあいた黒、ユーリはうっすら肌色《はだいろ》の透《す》ける白。水遊びをした直後なので、水着が肌に張りついて、控《ひか》えめに言っても天国だった。

赤面《せきめん》して目をそらす僕の頭をガッとつかんで、先輩が強引に振り向かせる。

「さあ、どうするのリンネくん。くすぐりの刑は服を脱がして執行《しっこう》するよ？」

ほんのり上気した顔で脅《おど》しをかけてくる。白い指が生き物のようにわきわき動き、僕の頭を離れ、下腹部《かふくぶ》に伸びてきた。

「ひ……やめてください先輩！　何する気ですか！」

「ねえ、ユーリちゃん。リンネくんの弱いところって、どこかな？」

「ふとももです、ふともも。内股《うちまた》」

「何言ってるのユーリ⁉　余計なこと言うなよ！」

「うっさい変態！　話しかけないでキモイ！」

「内股がどうとか言い出す奴《やつ》に変態とか言われたくないからね⁉」

「パンイチの変態野郎に言われたくないわよ！」

「ユーリ！　それは――っ！」

「え？　リンネくん、パンイチって何？」

「何でもありませんちだね先輩！　変なとこつかまないで！」

正直、わけがわからない。でも、僕はわけのわからない選択《せんたく》を迫《せま》られていて、選択肢を誤《あやま》ると大変なことになるらしい。

このまま先輩にズボンを脱がされ、あまつさえ内股を探《さぐ》られて——僕の中の男と言うか男子の本懐《ほんかい》と言うかが、むくりと『おっき』しないはずがない。

それは、まずい。大変、まずい。

灼熱《しゃくねつ》する頭脳を無理やり働かせて、僕は思考を巡《めぐ》らせる。

……そもそも、どうしてこんなことになったんだっけ？

2

放課後《ほうかご》、HR《ホームルーム》が終わるとすぐ、僕はびくびくしながら西棟《にしとう》に向かった。

西棟は理科室や視聴覚室《しちょうかくしつ》など特別教室の多い区画《くかく》だ。掃除当番の生徒たちに交じって、僕もそちらに流れて行く。

校内の雰囲気《ふんいき》は、はっきり浮《うわ》ついていた。

今日はたぶん、一年中で一番、生徒たちが落ち着きを失《な》くす日だと思う。

二月一四日。言わずと知れたバレンタインデー。

恋する高校生にとっては『特別な日』に違いない。僕だって、ひょっとしたら先輩が……なんて奇跡《きせき》を期待したくなる。

でも、そうそう浮ついてばかりもいられない、特異《とくい》な事情《じじょう》が僕にはあった。

一つは、今日が母さんの命日だってこと。そして、もう一つは――

僕の意識は自然と、背中のカバンに向かう。

やたらと重い。重量の大半は歴史の資料《しりょう》だ。『二百字の論述《ろんじゅつ》問題が五題』なんていう、高一の僕にはかなりハードな宿題が出たので、図書館から資料を借りてきたのだ。

でもそれは、僕のカバンが重い理由の半分に過ぎない。

資料集に挟まれた、あれの存在を思い出すと、一気に気が重くなった。

せめて部活が終わるまでは、いつも通りにしてなくちゃ。このブツの存在を、ちだね先輩にだけは、絶対に気付かれてはいけない……。

「今日は早いね、リンネくん」

いきなり声をかけられて、僕は飛び上がった。

背後にちだね先輩が立っている。たぶん、僕の瞳《ひとみ》にはハート型のライトが点灯《てんとう》した。

しかし、人一倍ニブい先輩に、僕のハートビームが到達《とうたつ》することはない。

「どうしたの、リンネくん。声かけちゃまずかった？」

僕は努めて落ち着きを取り戻し、まずはいつものやり取りを始める。

「ちだね先輩。僕はリンネじゃなくて、花《はな》の輪廻《わまわ》ると書いて『はなわめぐる』ですよ」

「わたしだってちだねじゃなくて、千《せん》の種《たね》と書いて『ちぐさ』だよ」

「リンネって、気難《きむずか》しい学者っぽいじゃないですか」

「てゆか、DQN《ドキュン》ネームっぽいよね」

「そんなつもりで言ってたの⁉」

「リンネくんって呼びやすいけどな～」

「既《すで》に呼びやすさの問題じゃないですよね⁉」

先輩はにっこりと、春のひだまりみたいな笑顔を見せた。

「じゃあ、わたしを『ちぐさ』って呼ぶなら、『めぐる』って呼んであげる♡」

うおぅ！　名前を呼ばれてしまった！

涼《すず》やかな声で再生された、甘美《かんび》な響《ひび》きを脳内ハードディスクに保存する。

「さあ、『ちぐさ』って呼んでみて。そうしたら、『リンネくん』は卒業」

「わ、わかりました。ええと、ち――」

「ち？」

「――だね先輩」

先輩は「はー」とため息をついた。

「根性《こんじょう》ないねえ、リンネくん」

ぐさっ、と突《つ》き刺《さ》さる言葉のナイフ。

僕は悔《くや》しくなって、仕返しのようにつぶやいた。

「大切なひとを名前で呼ぶなんて、男にとっては一大決心ですよ」

「え……っ!? それって、あの、ひょっとして……」

仕返し成功。先輩は目をまんまるにして、かーっと頬《ほお》を染めた。

両手の指を胸の前でこね回す。すごく可愛い。色恋沙汰《いろこいざた》に耐性《たいせい》がないんだろう。他人《ひと》のことは言えないけど、先輩、全然モテないからな……。

数秒後、先輩は夢から覚めたように、はっとして叫んだ。

「いっけない！ またリンネくんに騙《だま》されるところだった！」

「またって何ですか！ 先輩を騙したことなんてありませんよ！」

「女の子を下の名前で呼ぶのもためらっちゃうようなヘタレくんが、そんな百戦錬磨《ひゃくせんれんま》のジゴロみたいなことゆうはずないもん」

「百戦錬磨のジゴロって人として最低ですよ！ せめてホストにしてくださいっ」

「いーい、リンネくん？」

ぴんと指を立て、くいっと身を乗り出して、先輩は教《おし》え諭《さと》すように言った。

「人はみな、心にジゴロが住んでいるのよ」

「……また先輩お得意の珍説《ちんせつ》ですね。何ですかそれは」

「男子の場合は、お金をくれるお姉さんに依存《いぞん》して生活したいなあという弱い心よ」

「……女子の場合は？」

「行くあてのない美少年を養《やしな》ってあげたいなあという慈母《じぼ》の心よ」

「美少年狂いが慈母⁉　何で女子には寛大《かんだい》なんですか！」

「べ、別にえこひいきじゃないよ。女はみな、生まれながらに慈母なのよ」

「……ただし対象《たいしょう》は美少年に限る？」

「そんなことはないよ。美少年相手なら優しさが倍増するだけ」

「世知辛《せちがら》！」

「男子だって、美少女には優しくなるでしょう？」

「そ、それは……」

「というわけで、『人はみな心にジゴロ』説はQED《証明終了》！」

「はあ、なるほ――って、いえいえいえ！　何ひとつ証明されてませんよ！」

危ない危ない。暴論《ぼうろん》に説得《せっとく》されてしまうところだった。

やはり先輩は侮《あなど》れない。僕はひたいに浮いた汗をぬぐいつつ、

「さすがはちだね先輩。謎《なぞ》の説得力で暴論を押しつけるその勢い……癒《い》やし系《けい》ロケットエンジンと呼ばれるだけのことはありますね」

「呼ばれてないよ⁉　そんなことゆうのリンネくんだけだよ⁉」

「女子が美少年好きだから僕がジゴロ気質《かたぎ》だなんて、発想が三段式ロケットですよ」

「成層圏突破《せいそうけんとっぱ》⁉　うぅ～、バカにされてる？」

癒やし系ロケットうんぬんは、何も僕のオリジナルじゃない。

実際に先輩はロケット扱いされているのだ。『ある方面』への瞬発力《しゅんぱつりょく》において。

それは一種の病気みたいなもので、先輩のエンジンが点火されてしまうと、学園全体が甚大《じんだい》な被害をこうむることになる。

そのハタ迷惑《めいわく》なロケット推進《すいしん》さえなければ、明るく面倒見のいい、優しい美人さんだ。若干ゲスいけど！

「リンネくん。人はみな、心に〈遼《りょう》くん〉狂いのおばさんが住んでいるようね」

「また脈絡《みゃくらく》もないところにすっ飛んでいきましたね。どういう意味ですか？」

先輩はため息をついて、腕時計に目を落とした。

「奥様同士、立ち話に花が咲くと、すっかり時間を忘れてしまうのよ」

「〈遼くん〉関係ないじゃないですか！」

「素敵よねえ、遼くん。お尻《しり》可愛いし。いっぱいお金を稼《かせ》いでくれるし♡」

「ストレートにゲスい⁉」

「えへ。じゃあ、行こっか。わたしたちの部室へ」

ふわっと微笑《ほほえ》み、そっと僕の手をつかむ。

何でもないことのように自然に。姉が弟の手を引くように。

先輩のそんなところは、確かに慈母のようだと僕は思った。

ちだね先輩と手をつないで、西日の差し込む階段を上がる。

それは永遠に続いて欲しいと思うような、幸福な時間だった。

胸を満たすぬくもり。ほんの五年前まで、僕は毎日この幸福に酔《よ》っていた。

いや、本当はつい最近まで、すぐ手の届くところにあった……気がする。

僕は空いている方の手で、無意識に自分の左胸を押さえた。

硬《かた》い手触り。内ポケットには母さんの形見《かたみ》——懐中時計《かいちゅうどけい》が収まっていた。かちりかちりと鼓動《こどう》のように、歯車《はぐるま》の振動《しんどう》が伝わってくる。

幸福と感傷のあいだでふらふらしているうちに、化学実習室が見えてきた。

金属製の扉《とびら》は見るからに頑丈《がんじょう》そうだ。この部屋は気密《きみつ》が保たれていて、空調《くうちょう》も電子《でんし》制御《せいぎょ》のスグレモノ。その副産物《ふくさんぶつ》として防音もバッチリ。少しくらい騒いでも大丈夫な、僕たちにはうってつけの部室だった。

ちだね先輩が栗色《くりいろ》の髪を揺らしながら、とことこと扉に近づいていき、ノブをひねる。

扉がわずかに開いた瞬間、紫色《むらさきいろ》の空気が噴《ふ》き出《だ》してきた。

「うにゃっ⁉　繭ったら、また何かやってるのね！」

僕たちを迎《むか》えたのは、教卓の上に並ぶ大量の実験器具だった。

ビーカー、フラスコ、謎の粉末《ふんまつ》。アルコールランプには火がともり、毒々《どくどく》しい色味の液体を沸騰《ふっとう》させている。まるで魔女《まじょ》の煮込《にこ》み鍋《なべ》みたいだ。

　これを作った魔女――というかペンギンは、教卓の前で携帯電話をいじっていた。

「こら繭！　ちゃんと窓を開けなさい！」

　ちだね先輩は急いで窓を開け、エアコンを全開にして、濁《にご》った空気を追い出した。

　それから、繭のすすけた顔をハンカチで拭《ふ》いてやる。繭は無表情で、されるがままだ。

　母子というか、姉妹というか……飼い主とペットというか。

「リンネ、失礼」

　怜悧《れいり》な知性を宿す、繭の瞳がこちらを向いた。

　知らず、口に出していたらしい。僕は繭の非難《ひなん》をスルーして、

「また何か変な実験してたの？　これって、毒ガスだよね絶対」

「毒じゃない。大量に摂取《せっしゅ》すると危険なだけ」

「毒だよそれ！」

「違う。大量に摂取して危険なのは、水も同じ」

「……そうなの？」

「バケツに五杯も摂取すれば、人間は溺死《できし》する」

「そりゃそうだろうね！　っていうか、それへリクツだよね⁉」

「ごめんなさいリンネくん。繭を責めないであげて」

先輩が繭をかばって前に出る。途端《とたん》に僕はツッコミを引っ込めた。

先輩は繭に対して過保護《かほご》なのだ。そして僕は先輩に対して従順《じゅうじゅん》なのだ。

僕はすんなり矛《ほこ》を収め、別のことを訊く。

「繭、今週は掃除当番って言ってなかった？　掃除サボって何時からやってるの？」

「三時……」

「三時？　一五時？」

「——間目くらいから」

「三時間目かよ！　じゃあ、今日は二時間しか授業に出てないの？」

注意して見ないとわからないくらい微妙《びみょう》に、繭は目を見開いた。『まさか』という顔だろうか。あるいは、『そんなこともわからないの？』という顔だろうか。

ともかく繭は彼女なりに驚きをあらわにして、こう言った。

「わたしが起きたとき、もう二時間目が終わってた」

「終日サボタージュ⁉　初めて見たよそんな不良！」

「繭を責めないでリンネくん！　繭はやればできる子なんだけど、ただちょっと、ほかの人よりやりたがらない子なの！」

「ただのサボリ魔じゃないですか！」

先輩の過保護は徹底《てってい》している。『猫かわいがり』ならぬ『繭かわいがり』だ。

「サボリはともかく、三時間目からいたってことは、ここで授業はなかったの？」

「ここは使われない。ほとんど」

薊はえへん、というふうに、ぺったんこの胸をそらした。何で威張《いば》るんだ。

その続きを引き受けるカタチで、ちだね先輩が説明する。

「ここには高価で専門的な実験器具がいっぱいあるのね。でも、そこまで高度な実験は普通やらないから、大体は第二理科室で済ませちゃうの」

先輩によると、第二理科室は化学と生物のための教室で、本棟《ほんとう》にあるので移動が楽だ。わざわざ西棟のこの部屋を使うのは、ほかのクラスと実験がカチ合ったときくらいで、それは滅多《めった》にない状況らしかった。

最新の遠心分離機《えんしんぶんりき》とか、電子顕微鏡《けんびきょう》とか、さまざまな機械が備《そな》えつけてある。となりの準備室には特殊《とくしゅ》な薬品も大量に保管されている。そういった大学並みの設備も、宝の持《も》ち腐《ぐさ》れというわけだ。

「へえ……僕はてっきり、三年生が使ってるんだと思ってました」

でも確かに、薊は昼休み、ここにいた。会って、話しもした。僕は先輩のしましまを思い出し、続いて余計なことも思い出して、暗澹《あんたん》たる気分になった。

考えない考えない。バレンタインのことなんて考えない……。

意識の矛先を変えるべく、あわてて話を戻す。

「なるほど……。あまり使われないのをいいことに、繭はここを不法に占拠《せんきょ》して、いかがわしい人体実験を繰り返してきたわけですね」

繭の無表情にちょっぴり変化が生じる。繭はじとーっとした半眼《はんがん》になって、

「リンネ。わたしを何だと思ってるの」

「部室のヌシだよ。もしくは、部室に棲《す》みついた妖怪《ようかい》ペンギンだよ」

「ペンギン？　どういう意味？」

「化学実習室に巨大なペンギンが棲みついている――学園の七不思議《ななふしぎ》じゃないか」

この学園にも七不思議がある。定番の『生徒が神隠《かみかく》しに遭《あ》う』から始まって、『西棟に凶悪《きょうあく》な殺人鬼が潜《ひそ》んでいる』とか『深夜、すすり泣きが聞こえる』とか『女子更衣《こうい》室《しつ》にのぞき魔が出る』とか――とりあえず更衣室は早急に対策《たいさく》を打つべき。

「実習室の化学ペンギンに拉致《らち》られると、怪しい薬の実験台にされちゃうってさ」

「そういえば、そんなことがあった」

「あったの⁉　伝説じゃなかったの⁉　そりゃあみんなビビるよね⁉」

繭は納得した様子だったけど、ちだね先輩は大いに憤慨《ふんがい》した。

「なにそれ！　ひどい話！　失礼な話！」

可愛い繭を怪談扱いされて、怒ったようだ。

「確かに繭は白黒だけど、妖怪扱いするなんてひどいわ！　それにね、リンネくん。人

はみな、心にアデリーペンギンが住んでいるのよ」

「……それはどういう珍説ですか？」

「天敵《てんてき》のヒョウアザラシに仲間を差し出して自分だけ助かろうという利己心《りこしん》よ」

「連中そんなゲスいこと考えてませんよ！　群《む》れをなすのは生存戦略ですよ！」

「わたしにはアデリーペンギンの気持ちがわかる……わたしも弱い人間だから！　ゆえに、『繭をペンギン呼ばわりするのは失礼』説はＱＥＤ！」

「まあ……そこは別に反対しませんけど」

栗色のアンテナ髪を逆立てて、繭を護《まも》ろうと必死になっている。そんな先輩は、仔猫《こねこ》を護る母猫みたいで、無性《むしょう》に保護欲をかき立てられる。

「何を鼻の下のばしてるのよ痴漢《ちかん》。キモイわよ痴漢。最低よ痴漢」

語尾《ごび》が全部『痴漢』なんていう、かなり最低な声が飛んできた。

振り向くと、準備室に続くドアの前で、女子が腕組みをして立っている。

ツンと澄《す》ました強気な表情。横目で僕をにらむ眼《め》は、機嫌《きげん》の悪い仔犬みたいな、強いんだか弱いんだかわからないレベルの攻撃性を感じさせる。ちっちゃな唇《くちびる》を〈＾〉の字に曲げて、彼女なりに不機嫌をアピールしていた。

遺伝子《いでんし》のかなりの部分が僕とかぶっているはずなのに、びっくりするくらい容姿端麗《ようしたんれい》。キメの細かい肌は、みずみずしく潤《うるお》って、西日をキラキラ反射《はんしゃ》していた。

僕に見つめられて、ユーリは急に挙動不審《きょどうふしん》になった。頬を染め、もじもじと、

「な、何見てるのよ痴漢」

「……いたんだね、ユーリ」

「いたわよ⁉　いちゃ悪い⁉」

涙目になって怒り出す。さっきの有毒ガスが目にきちゃったのかもしれない。

とりあえず、僕は当然の疑問を口にした。

「何で準備室から出てくるのさ？」

ユーリは嬉《うれ》しそうな顔をして、ふふんっと笑った。

「何よ、気になるの？　義妹の行動を詳細《しょうさい》に把握《はあく》したいなんてキモイ男！」

「キモイは関係ないだろ⁉　あ、ひょっとして……僕たちを驚かすために隠れてたの？

子供だなあ、ユーリは」

「違うわよ⁉　いかにもなガスを吸わないように、退避《たいひ》してたのよ⁉」

「うん、わかってたけどね」

「弄《もてあそ》ばれた⁉　そんな痴漢……修正してやるーっ！」

ちょっとからかっただけなのに、ユーリは真《ま》っ赤《か》になって、いきなり跳躍《ちょうやく》した。

教卓を蹴《け》って飛翔《ひしょう》、ふわりとプリーツスカートがひるがえったかと思うと、かかとが
僕の頬を打ち——僕はぐるぐる回って、実習室のすみへ吹っ飛んでいった。

「だめよ、ユーリちゃん！　部室で後旋飛腿《こうせんひたい》なんかキメちゃ！」

珍しく、ちだね先輩がきつく叱《しか》る。さすがのユーリも畏《かしこ》まった。

「す、すみません先輩。こいつがキモイこと言うからつい……」

「キモくないだろ⁉　っていうか、謎の大技キメるほどのことじゃないだろ⁉」

「リンネくん、部室でケンカはだめ！」

「すみません！　以後、気をつけます！」

最敬礼《さいけいれい》して引き下がった僕を見て、ユーリのひたいに青筋が立った。

「何よヘタレ。文句《もんく》があるなら最後まで言いなさいよ痴漢」

「文句なんてないよ。僕は先輩至上主義《しじょうしゅぎ》だからね」

「本当にキモイ！　先輩が死ねって言ったら、あんた死ぬわけ⁉」

「もちろん死ぬさ。むしろ喜んで死ぬさ！　先輩、僕に死ねって言ってください！」

「ええっ⁉　ゆわないよリンネくん！」

先輩はびくっと飛び退《との》いて、そのまま、藺の方へと歩いて行った。

藺は教卓の後片付けを始めている。そっちを手伝ってあげるつもりなんだろう。

何となくさみしい気持ちで見送る僕。見透《みす》かしたように、ユーリがささやいた。

「あんたがどんなに想《おも》ったところで、先輩は藺至上主義よ」

痛いところを突いてくる。僕は渋面《じゅうめん》になった。

「……わかってるよ、そんなこと」

「繭はたぶん、自分至上主義よね」

言えてる。繭はどこまでもマイペースだ。きっと自分自身が一番だろう。

「そして、あたしは――」

不意に、ユーリの声が湿《しめ》り気《け》を帯びた。変に熱っぽい目で僕をにらんでいる。

「まあ、ユーリも自分至上主義だよね」

「……何だか無性にあんたの顔を踏《ふ》みたくなってきたんだけど。上履《うわば》きでぐりぐり踏んで踏んで踏みまくりたい気分なんだけど」

「それやったら、パンツ丸見えだからね？　最近買った、レースの大人下着――」

「きゃーっ！　何で知ってるのよ痴漢っ！」

言葉より先に蹴りがきた。真っ白なふとももが閃《ひらめ》いた次の瞬間、決定的なものが見える前に、僕の視界《しかい》はブラックアウトする。

横向きに繰り出された靴底《くつぞこ》が、見事に僕の両目を塞《ふさ》いだようだ。

なるほど――っていうか、足長いなこいつ！

「軽い冗談《じょうだん》に実力行使するなよ！　そんなだから〈金的女王《きんてきじょおう》〉とか言われるんだよ！」

抗議《こうぎ》しながら、制服の袖《そで》でごしごし顔をこする。

ようやく視界が戻ってみると、ユーリは半べそをかいていた。

「……え、アレ？　何で泣くの？　蹴られた僕が泣くところだよね⁉」

春頃、告白してきた男子の股間《こかん》を蹴り上げて撃退《げきたい》したというウワサが広まった。真偽《しんぎ》のほどはともかく、今も男子が話しかけるたび『潰《つぶ》すような視線《しせん》』をぶつけてくるとかで、男子はどうしても内股になってしまうのだ。

「こら！　その話を持ち出すのは感心しないよ、リンネくん！」

めっ、とちだね先輩が割り込んでくる。

「ユーリちゃんは怖かったんだよ。わたしにはわかる。だって、わたしも――」

「ちだねは男子に告白されたとき、ゲロった」

「……え、ゲロ？」

「だめよ繭！　忌《い》まわしき〈オート魔〉事件は永遠に闇《やみ》の彼方《かなた》に葬《ほうむ》り去《さ》るの！」

……自分で言ってるじゃん。

知らなかった。実は先輩も、そんなトラウマを抱えちゃってたのか……。

言われてみれば、先輩が声をかける〈クラス代表〉は決まって女子の方だ。男子からはビミョーに距離を取るというか、カニ歩きしてかわすフシがある。

不意に、袖口をくいと引かれて、僕はユーリの存在を思い出した。

ユーリは先ほどよりもっとひどい涙目で、

「ひょっとして、あんた……あたしのことが嫌いなの？」

僕はぽかんとした。その沈黙《ちんもく》をどんなふうに誤解《ごかい》したのか、ユーリはまるで飼い主に蹴飛ばされた仔犬みたいな顔をした。

「やっぱり……そうなんだ……っ」

「違うって！　っていうか、何で急にそんな疑問を感じちゃったんだよ？」

「だってあんた、いっつもあたしに意地悪言うじゃない……」

「意地悪じゃないだろ⁉　他人の顔面蹴るような奴に嫌みも言っちゃだめなの⁉」

「どうなのっ？　嫌いなのっ？」

やけに必死だ。僕はため息をつきながら、正直なところを言った。

「嫌いじゃないよ。ときどき面倒くさいけど」

「面倒くさい⁉　やっぱり嫌いってこと……⁉」

「嫌ってないってば。むしろ好きだよ」

「そ、そう？　なら見せてもらおうかしら、あんたの忠誠心《ちゅうせいしん》とやらを！」

「そんなふうに、扱いやすいところが大好きだよ」

「え……っ？　つまり、本当は嫌いなの？　あたし、ウザイの？」

たちまち弱気。何この無限ループ。我が義妹ながら、情緒不安定《じょうちょふあんてい》な奴だ。

僕はぽんぽんと義妹の頭に手をのせて、安心させるように優しく言った。

「もっと自信持てよ。ユーリはとびきり可愛いし、本当はすごく優しい。料理も上手《うま》くて、家庭的な女の子だ。僕はちゃんと知ってるよ」

ユーリの頬が見る見る染まった。気がつけば、耳まで赤くなっている。

また蹴られるかと身構える僕。でも、ユーリはうつむき、消え入りそうな声で、

「あり……が……と」

「え？　何て言ったの？」

確かめた途端、やっぱり蹴られた。ぐおおっ、眼球《がんきゅう》が痛い！

「いちいち蹴るなよ野蛮人《やばんじん》！」

「うるさい痴漢！　キモイ痴漢キモイ痴漢キモイ！」

結局はケンカになる。そんな僕たちを、先輩と繭が和んだ顔で眺《なが》めていた。

「恋人同士みたいだねえ」

などと先輩がのたまって――何ですとっ⁉

僕とユーリは硬直《こうちょく》し、一瞬後、同時に教卓に詰め寄った。

「なっ、なな何であたしがこんな、二四時間態勢でキモイ男と――」

「先輩それは大変な誤解です断固として！」

「そんな全力で否定⁉　やっぱりあたしのことが嫌い……っ」

泣き出しそうになるユーリ。誤解を解こうと必死な僕。緑色の液体をビーカーで飲ん
でいる繭――それは飲んでいい汁なんだろうか――という三者三様《さんしゃさんよう》のカオスな状況を、

先輩は『ぱんぱんっ』と小気味《こきみ》いい拍手で遮《さえぎ》った。

「はーい、それじゃ静粛《せいしゆく》に！　本日の活動を始めるわよ！」

今日はいつもより気分が乗っているらしい。新品同然のペンを手に取ると、ホワイトボードにキュキュッと大書する。


『もっと学園生活を豊かにする善男善女《ぜんなんぜんによ》の会　部』


どんっとペンを叩《たた》きつけ、ドヤ顔で振り向く先輩に、僕は当然の質問をした。

「先輩、それは何の呪文《じゆもん》ですか？」

「何ゆってるのリンネくん⁉　うちの部の正式名称よ⁉」

「……とりあえず、『会』か『部』か、どっちかにした方がいいんじゃ？」

という控えめなツッコミを華麗《かれい》にスルーして、先輩はにっこり微笑んだ。

「リンネくん。我が部の活動目的をゆってごらんなさい」

「楽しくおしゃべりする？」

そう答えた瞬間、先輩は裏切られたような顔をした。

——あれ⁉　間違った⁉

「ええと、ほかにも演劇《えんげき》をしたり、ポエムを書いたり、セパタクローをしたり、トレカを買い漁《あさ》ったり、イベント準備に催事《さいじ》の運営、遊園地行脚《ゆうえんちあんぎゃ》――」

「ちっがーう！　はい、ユーリちゃん！」

「青春を謳歌《おうか》することです」

「正解♡」

「当たりなんですか⁉　実態《じったい》をともなってないじゃないですか！」

僕が列挙《れっきょ》した活動は、全部、一度は実行したことだ。

大演劇祭ではクライマックスで先輩がトチり、大詩吟祭《だいしぎんさい》では繭が危険な高分子《こうぶんし》の化学式をポエムにして発表、大球技大会のセパタクローではユーリが強烈《きょうれつ》なスマッシュを僕の顔面に決め、大TCG祭ではエキスパンションをカートン買いするために僕は人生初のバイトをした。……あれのどこが青春？

でも、ユーリの解答は先輩を大いに満足させたらしい。先輩は両手でユーリの手を取り、嬉しそうにぎゅっぎゅっと握っている。

激しく嫉妬《しっと》！　ユーリにポイントを奪われた！

「ちだね」

ふと、それまで黙っていた繭が口を開いた。

普段あまりしゃべらないだけに、一同の視線が集まる。繭は眉間《みけん》にしわを刻《きざ》み、

「こんな変な名前の部だったの？」

「変——!?」

無慈悲《むじひ》な言葉が先輩の胸に突き刺さった。目に入れても痛くないくらい繭を可愛がっている先輩にとって、それはあまりにむごい仕打ちだった。

僕はあわててフォローの言葉を探す。でも、あの変な正式名称には誉《ほ》めるところが見つからない。あれこれ考えているうちに、別の回路がつながった。

「あ——そうか、それであんなふうに呼ばれてるのか」

ヘコんでいた先輩が、わずかに顔を上げる。

「……あんなふうって?」

「友達に聞いたんですけど、世間《せけん》ではこの部、〈も女会《じょかい》〉って呼ばれてるそうで」

最後まで言い終わる前に、女性陣に著《いちじる》しい反応があった。

「……アレ? どうしたの、みんな?」

先輩も、ユーリも、繭ですら、べしゃっと机に突っ伏している。

「喪女《もじょ》って……喪女って……!」

「言葉は時として……ボツリヌス毒より効く」

「ただの言いがかりなのに……この敗北感《はいぼくかん》は何なの……!?」

どうやら三人とも、打ちひしがれてるっぽい。

喪女ってのはネットスラングで、『モテない女性』という意味だ。

実際問題、みんなモテない。彼氏がいないとかそういうレベルの話じゃなく、遠巻きにされてるというか、遠ざけられているというか——そういうレベルの話だ。

権力を濫用するちだね先輩、実験と称して危険行為を繰り返す繭、口より先に蹴りが出る暴力女のユーリ。

彼女たち〈モテない女子〉が青春を謳歌しようと頑張《がんば》っちゃってる部活——世間にそう見られているという事実は、確かにキツイかもしれないなー。

「……何を他人事みたいな顔してんのよ」

ユーリが『きっ』と僕をにらみ、噛《か》みついてきた。

「女顔のキモイ痴漢！　あんたも喪女扱いされてんのよ！」

「女顔って言うなよ⁉　いくら何でも、僕まで喪女扱いなんて——」

反論しようとして、開けてはいけないトラウマの扉を開けそうになった。

僕はあわててトビラを閉め、厳重《げんじゅう》に戸締まりをして、トラウマの封殺《ふうさつ》をはかる。

でも、女性陣はそれを許さない。ここぞとばかりに、口々に言った。

「リンネくんは可愛い顔してるよね」

「リンネ、女装《じょそう》も余裕。髪長い」

「そうよ！　あんたも喪女よ！　ふふっ、モテない女顔よー！」

「僕がモテないって決めつけるなよ⁉　僕だって将来的には——」

彼女くらいできる！

そう宣言しようとして、思いとどまった。やめよう。墓穴《ぼけつ》を掘りそうだ。そもそも、今日はバレンタイン。モテるモテないの話はご法度《はっと》な気がする。

ユーリの言う通り、僕は確かに女顔だ。繭の言う通り、女装できないこともない。事実、させられたこともある。のど仏《ぼとけ》があまり目立たず、体つきも貧弱《ひんじゃく》で、男子っぽくない容姿《ようし》なのだ。ユーリの蹴りが顔に届くのも、身長が一七〇ないからだし。おまけに髪も伸ばしていて、そこらの女子より手入れが行き届いている。

……アレ？　何だろう？　何か、膝《ひざ》を抱えてめそめそしたい気分なんだけど？

僕たちが四人そろって暗く沈《しず》んでいると、突然、僕の携帯《けいたい》が振動《しんどう》した。

新着メールのサイン。僕にメールをくれる人と言えば――

「雛子《ひなこ》ちゃんから？」

さすが、ちだね先輩は察《さっ》しがいい。僕はうなずいて応《こた》えた。

「ヒナ、何て？」

ユーリが僕の携帯をのぞき込んできた。巧《たく》みなタッチパネルさばきで自分のスマートフォンをいじっている。自分にもメールがきてないか、確認したようだ。ユーリは雛子と仲がいい。自分ではなく僕にメールがきて、ちょっと不満げだ。

僕は苦笑しつつ、文面を読み上げてやった。

「『わたしのような若輩者《じゃくはいもの》が意見するなど大変差し出がましいことと思いますが、どうか下々《しもじも》の者の声にも耳を傾けてくださいませんでしょうかお願いします』」

何とも言えない空気が漂《ただよ》う。

「……それでリンネくん、雛子ちゃんの意見って？」

「いえ、メールはそこで終わりです」

がくっと藺がコケる。

「肝心《かんじん》の意見がない……」

「わかったわ藺！　耳を傾けてください、のところよ！」

「先輩、そのオチは哲学的《てつがくてき》すぎます！　ちょっと待っててください。今、雛子の真意を問いただすメールを――あ、送る前にきた」

雛子から次のメールが到着。僕は文面を読み上げる。

「えーと、『たびたびすみません。ご多忙《たぼう》なリンネ先輩のこと、わたくしのごとき者のことなどとうにお忘れかもしれないと思いまして、改めてメールいたしました次第《しだい》です。わたくしは一二月二四日生まれのA型――』って自己紹介始めちゃったよ！　しかも微妙にへりくだり度が増してる！」

自己紹介はさらに数画面分も続いた。あの短時間でものすごい長文だ。藺もユーリも大概《たいがい》メール魔だけど、さすが雛子は群《ぐん》を抜《ぬ》いている。あらかじめ文面を用意してあったんじゃないかと疑いたくなる。

『――こうして皆さまのご厚意《こうい》により、伝統ある〈も女会〉の末席《まつせき》に加えていただきました丸瀬市《まるせいち》雛子でございます。皆さまのご清栄《せいえい》をお祈りいたしますとともに、今後とも末永くご指導ご鞭撻《べんたつ》を賜《たまわ》りたく候《そうろう》。かしこ』」

「最終的に武家《ぶけ》の娘!? 雛子ちゃんってば何考えてるの!?」

「『追伸《ついしん》。そろそろ本日の活動を始められてはいかがでしょうか……?』」

「最後に意見言った!? まさか、どこかで見てるんじゃ……!?」

寒気を感じて、思わず青ざめるちだね先輩と僕。

ただひとり冷静な繭が、わけ知り顔でうなずいた。

「雛子なら、あり得る。盗聴《とうちょう》とか盗撮《とうさつ》とか得意。現役ストーカー」

ぴしりっ、と僕たちの時間が止まった。

「繭……それ、ほんと?」

「ほんと。ソースはわたし。被害者もわたし」

「じゃあ、去年の、雛子が下駄箱《げたばこ》に頭を突っ込んでた事件は……」

「わたしの上履きをあさってた」

「……アレ? 友達の知りたくない性癖《せいへき》が明るみに出ちゃった?」

雛子はマイナス思念の塊《かたまり》みたいな女の子だけど、根は素直で、優しく、清廉《せいれん》な人格だと思っていただけに、僕のショックも計り知れない。

「そう言えば、雛子ちゃんも喪女ね……ふふふ」

先輩が虚《うつ》ろな目をして微笑んだ。そう、今や真性《しんせい》のヒキコモリと化した雛子は、モテようにも社会との接点がない。

雛子と友達のはずのユーリも、さっきから暗い顔で黙り込んでいる。

どんより重たくなった空気を、先輩の明るい声が吹き飛ばした。

「そ、それはともかく、本日の活動を始めましょう！」

無理やり気を取り直したような感じで、溌剌《はつらつ》として言う。

先輩は棚《たな》からゴマフアザラシのぬいぐるみを引っ張り出してきて、

「雛子ちゃんは、いつものエア参加ね」

雛子が座るべき場所に、そっとぬいぐるみを座らせた。

――そう、これが僕たちのいつものスタイル。

「それじゃ、今日も青春を謳歌するわよ！」

いつもの宣言。なるほど、これは部の存在目的を訴《うった》えていたのか。

生徒たちには〈も女会〉なんて揶揄《やゆ》される、ヘンテコな部活。

でも、僕は本気で活動に励《はげ》むつもりだし、今までもそうしてきた。

だって、この部は特別なんだ。

僕を暗闇から救い出してくれた、ちだね先輩の部活なんだから——

これが僕たちの愛すべき日常。

今日もまた、僕たちは僕たちの青春を謳歌する。

3

「部員を増やすには、どうすればいいのかしら？」

活動が始まって早々、ちだね先輩はそんなことを言い出した。

僕とユーリは思わず顔を見合わせた。怪しい粉末を調合していた繭も、不思議そうに手を止め、くちんと小さなくしゃみをした。うわっ、危険そうな粉が飛んだ！

僕は必死に粉末を払いのけながら、とりあえず、思いついたことを言った。

「先輩が常に水着で参加する、とか？」

「みじゅぎっ!?　それは誰得《だれとく》なのリンネくん!?」

「少なくとも僕は毎日、喜んで通いますけどね！」

「えっ……それって……」

ぽわあ、と先輩の頬が赤くなる。先輩はすぐさま我に返り、怒り出した。

「また騙されるところだった！　リンネくんのジゴロ発言はうそっこの証《あかし》！」

「ジゴロキャラ定着させる気⁉　本心からの言葉ですよ！　この目を見てください！」

「真面目《まじめ》な顔してるときは特に注意！」

「そんな扱い⁉　真剣な想いはどうやって伝えればいいんですか！」

「ちょっとキモイわよ痴漢！　セクハラ男！　痴漢電車！」

「最後のは人間じゃないからね！」

ユーリが机の下で僕の足をガンガン踏む。やめて！　足の甲《こう》が折れる！

おまけに、敵意を見せたのはユーリだけじゃなかった。

繭がするりと先輩に身を寄せて、がるるるー、と棒読みで威嚇《いかく》した。

両手を若干丸めて、やる気のない幽霊《ゆうれい》っぽい仕草《しぐさ》をする。

「……何そのポーズ」

「猛虎《もうこ》」

「……ネコじゃなくて？」

「ちだねに近付く不埒者《ふらちもの》はわたしが排除《はいじょ》する」

ネコのポーズをやめ、代わりに嫌な色の粉末を見せびらかす。

僕は絶句《ぜっく》した。何ということだ。僕の恋路《こいじ》には二つも壁があるらしい。

「……で、ちだね先輩は部員を増やしたいんですか？」

「そうよ。だって、その方が青春を謳歌できるもの！」

「部員なんか増やさなくても、いっつも学園全体を巻き込んでるじゃないですか。理事長の強権《きようけん》を盾《たて》に演劇祭だの詩吟祭だの企画して。行事が多くて授業日数が足りないって、うちの担任が泣いてましたよ」

「でもね、高校生は高校生らしく、行事に勤《いそ》しむべきだと思うのね」

「三年生も泣いてましたよ。受験勉強ができないって」

「お、思い出は何ものにも替えがたいのよ！　とゆうわけで部員確保の話だけど！」

無理やり話をそらす。僕は先輩至上主義なので、大人しく続きをうながす。

「一体どんな青春ですか。っていうか、何をやりたいんですか？」

「そおねえ、まずは歌ったり踊ったり――」

「ああ、ミュージカル的な？」

「北京《ペキン》五輪《ごりん》の開幕式みたいな」

「人海戦術《じんかいせんじゆつ》!?　何万人増やす気ですか！」

「夢が膨《ふく》らむわねえ。部費がたんまり集まるわね！」

「部費以上に運営費が膨らみますよ！」

「もちろん誰《だれ》でもいいってわけじゃないのよ。繭に合わせてくれる人じゃないと」

……ああ、そうか。そうだ。わかっていたことだ。

先輩がこんなヘンテコな部活を立ち上げたのも、『青春の謳歌』に情熱を燃やしているのも、すべては繭のためなんだ。人見知りで非社交的《ひしゃこうてき》な繭が他人と接する機会を少しでも増やしたいと、そう願ってのこと。

「わたしと繭は二人ぼっちだったのよ。もうずっと長いあいだ」

先輩は両手を合わせ、しんみりとした調子でささやいた。

先輩と繭、二人きりの時間。二人だけの部室。

蜂蜜色《はちみついろ》の西日が差し込むこの部屋で、二人の話し声だけが静かに響く――

それはとても静謐《せいひつ》で、幸福そうな光景に思えた。

でも、どうしたんだろう？　先輩はちょっとさみしげに笑って、

「何度か勧誘《かんゆう》もしてみたの。お友達を増やそうと頑張ってみたわ」

「じゃあ、僕以外の男子部員もいたんですか？」

「男子⁉　男の子がいたことなんてないよ！　今も昔もここは男子禁制です」

「今いますよね⁉　目の前にいますよね⁉」

「でも、少し仲良くなると、みんなわたしたちの前からいなくなっちゃうのね」

「二人とも変人ですからね。そりゃあ付き合いきれませんよね」

「わたしはそこまで変じゃないよね⁉　繭ほどじゃないよね⁉」

「わたしも変じゃない」

むすー、とふてくされた顔で、珍しく繭まで反論してきた。

「わたしは変人じゃない。ちょっと人より危ないだけ」

「危ないって自覚あったの⁉」

「一般人より殺人鬼に近いだけ」

「自覚があるなら遠ざかってよ！」

「類は友を呼ぶ。ちだねとわたしは変人仲間」

「ついに変人って認めたよ⁉」

ちだね先輩はしょんぼりと背中を丸め、机の上に〈の〉の字を書いていた。

「わたしは繭ほど変人じゃないもん……フツーの弱い女の子だもん……そりゃあ、ときどき変なスイッチ入っちゃうけど」

「普通の女の子にそんなスイッチはありませんけどね！」

思わず突っ込む僕の腕を、横からユーリが引っ張った。

「リンネ黙ってキモイ。ちだね先輩、話を続けてください」

続きを催促《さいそく》する。どうやら、ちだね先輩と繭、二人の過去に興味があるらしい。

先輩はころっと表情を変え、にっこり微笑んだ。

「ずっと二人きりだったから――だから、リンネくんと、ユーリちゃんと、雛子ちゃんが入ってくれて、とても嬉しいの！」

ふんわりと優しい微笑み。うららかな春の日差しのような、あたたかな眼差《まなざ》し。その優しさに包まれて、僕もユーリも、すっかり気持ちが和んでしまう。

「リンネくんも、ユーリちゃんも、雛子ちゃんも、みんなみんな優しくて――だからね、わたしはもっとたくさん、みんなと青春の思い出をつくりたいの」

そう言った先輩の顔は、慈愛に満ちた聖母《せいぼ》のようだった。

そんな先輩の笑顔が、僕は好きだ。

この人のためなら何でもできる。繭の毒物攻撃にさらされたり、ユーリに蹴られたり、へとへとになるまで働かされたって、全然つらくない。

……たぶん、僕は永遠に、ちだね先輩の〈一番〉にはなれない。

先輩にとっての〈一番〉は、いつだって繭だから。

たとえば、万が一――億《おく》が一――やっぱり兆《ちょう》が一、先輩が僕と付き合ってくれることになったとして、繭抜きでデートしてくれることはないだろう。

美味しいものを食べるなら、先輩は繭にも食べさせたいと思う。美しい光景を見るなら、先輩は繭にも見せたいと思う。

でも、僕は別に繭が嫌いなわけじゃない。

むしろ好きと言っていい。繭のコミュ力不全なところや、頭はいいのに間が抜けてるところや、壊れてるけど純粋なところが、僕にはとても好ましく思える。

だからこそ、いろいろ複雑なんだけど。

「ああっ！」

突然、ちだね先輩が声を上げた。何か重大なことに気付いたようだ。

強気に見えて怖がりのユーリが、びくっと飛び上がる。若干涙目になりながら、

「ど、どうしたんですか……？」

先輩は勢いよく立ち上がり、びしっと僕を指差した。

「そうよ、それだわ！　リンネくんのさっきの提案、すごくいいわ！」

……あ、きたぞ？

きたぞ、きたぞ？

先輩の目に情熱の炎が燃えている。どうやら、例のスイッチが入ったっぽい。

「さっき……？　リンネ、キモイこと以外に何か言いました？」

「繭とちだね先輩は変人ってやつだよ、ユーリ」

「それじゃなーい！　リンネくん、わかってててゆってるね⁉」

「じゃあ、先輩が毎日、水着で僕にサービスしてくれるって話ですか？」

「そう、それよ！　でもそれじゃないのよ⁉」

「うーん、ちだね先輩の言うことはわかりにくいですね」

「水着よ、水着！」

先輩は小さなこぶしを胸の前で握りしめ、瞳を輝かせた。

一方、繭とユーリは警戒《けいかい》の色を強めて、不審《ふしん》そうな顔をした。

先輩は二人の視線など気にせず、大弁論祭《だいべんろんさい》のときのノリで熱弁をふるう。

「みんな考えてもみて。半年もすれば、世間は夏なのよ！」

「つまり今、真冬ってことですけどね」

何せ二月だ。窓の外には雪景色の校庭が広がっている。

でも、先輩は止まらない。それどころか、さらにヒートアップする。

「学生と言えば夏休み！　夏休みと言えば海！　海と言えば水着よ！」

「今は夏休みでもないし、ここは海でもないですけどね」

「とゆうわけで――」

「まさか……大水着祭⁉」

「リンネキモイ！　鼻の下のばさないで！　変なとこ膨らまさないで！」

「どこだよ変なとこって⁉」

「今日はこれから水遊びをします！」

ばーん、と机を叩《たた》いて宣言する。

打ち上げ成功――いや、失敗かな？

「……いつもみたいに、学園全体を巻き込むんじゃないんですか？」

「それは半年後！　今回は予行演習！」

やっぱり打ち上がっていたらしい。さすがは癒やし系ロケットエンジン。

「言い換えると青春☆ヴァカ」

「何それひっどーい！　てゆか、何を言い換えたの⁉」

「さっきの、部員を増やすっていう前フリはどこに行ったんですか」

「斜《なな》め上に突き進む意外性こそが青春なのよ！」

「ただのグダグダじゃないですか！」

なんて言い合っていると、横からユーリがしゃしゃり出てきて、先輩に負けず劣《おと》らず、情熱的な声を出した。

「それは名案です先輩。素敵な発想です！」

何その意外な食いつき⁉

「ぜひやりましょう！　水着になりましょう！」

「わかってくれるのね！　さすがユーリちゃん！」

「今から半年後の予行演習だなんて、ちだね先輩はとても計画的です！」

「いやいやいや無計画すぎるよね⁉　果てしなく突飛《とっぴ》な思いつきだよね⁉」

「リンネは認識力が旧人類《きゅうじんるい》なのよ！　あたしは今、先輩の発想力に感服《かんぷく》してるの！」

「……何をするかもわかってないのに、先輩にごまをすってるね、ユーリ」

「ごごごごまなんてすってないわよっ。ただ、あたしも水着を——じゃない、その、水に浸《つ》かりたいと思っただけ！」

ん？　水着を――のあと、何て言おうとしたんだろう？　いや、そんなに着たけりゃ、家で着ればいい。水着『を』ってことは動詞だな。水着を……着る？　水着を……嗅《か》ぐ？

考え込んでいるあいだに、先輩はさっさと話を進めていた。

「薊の意見はどう？　水遊びしたい？」

そんな面倒なことをしたがるわけない、という僕の予想は完全に裏切られた。

「いい訓練になる。トライアスロンに出るのが夢だった」

「何千メートル泳ぐ気だよ！　いきなり目標が遠すぎるよ！」

「ユーリ。まずはバタ足を教えて欲しい」

「しかもカナヅチかよ！」

「ビート板を使う鉄人がいてもいい」

「いないからね⁉　競輪《けいりん》で補助輪《ほじょりん》つけるようなもんだからね⁉」

「薊を責めないでリンネくん！　珍しく運動する気になってるんだから！」

我が子の成長に感動する母親のように、先輩は目を潤《うる》ませた。

「薊が自分から一〇メートル以上移動しようなんて、大変なことなのよ……！」

「いやいやいや！　お寺の本尊《ほんぞん》じゃないんですから！」

「わたしは門外不出《もんがいふしゅつ》」

ぺったんこの胸を張る繭。意味が違うよヒッキーめ。

「繭には運動が必要だし。ユーリちゃんも乗り気だし。多数決をとるまでもないねえ」

先輩は上機嫌で、歌うように言った。

多数決で負けるのは何か悔しい。まして、常識人の僕が少数派だなんて。

しかし、だ。よくよく考えてみると、だ。

ちだね先輩のふくよかな胸や、繭のスレンダーなボディラインや、ユーリのしまったウェストを、間近で見放題ってことじゃないか？

しかもこれは予行演習にすぎない。いつものノリで話が進めば、半年後には学園全体が水着のパラダイスになる。

……まあ、その、何だ。多数決なら仕方ないな、うん。ここは民主主義の国だ。

みんなの意志を尊重《そんちょう》して、僕はしぶしぶ反対意見をのみ込んだ。

そのときの僕は、思えばすごく幸福だった。僕たちが置かれた状況も、これから降りかかる不幸イベントのことも、まるで知らなかったんだから――

第二話

異端審問バレンタイン－後編－

Q
「バレンタインの思い出」
一般的な男子高校生
「あの頃、僕は彼女に夢中だった。――(略)」
でもある日――
一般的な女子高校生
「男子がよくやる作り話ってほんとウザイ。キモイ!」
大人びた女子高校生
「男子校のバレンタインって楽しそうよね!」
無表情の女子高校生
ちだねがチョコくれた。美味しかった」
犯罪者
「一日中、先輩の家で観賞していました。――いえ、バレてはいません」

1

「早速《さっそく》、水遊びの準備を始めましょう！」

そう言って、ちだね先輩《せんぱい》は実習室《じっしゅうしつ》のすみっこへと向かった。

そこに〈も女会〉専用のスチールロッカーが鎮座《ちんざ》している。

個人ロッカーの数倍はあろうかというサイズ。物置と言ってもいい。バットやグラブ、チアが使うポンポン、招《まね》き猫《ねこ》の置き物、古い少女漫画などなど、さまざまなアイテムが詰め込まれている。先輩が青春を謳歌《おうか》するために取りそろえたものだ。

先輩が上半身を突っ込んで、何かを探し始める。左右に揺《ゆ》れる小さなお尻《しり》を見て、僕は妄想《もうそう》をたくましくした。先輩の水着姿、先輩の水着姿――

「ユニバーサルキモイ男ね！　卑猥《ひわい》な妄想しないでよ痴漢《ちかん》っ」

げしっと足を踏《ふ》まれて、妄想のビーチは哀《あわ》れにも砕《くだ》け散《ち》った。

「……鋭《するど》いね、ユーリ。僕の考えてることがわかったの？」

「あんたの考えることとなんて、手に取るようにわかるわ！」

「ほんと？　ちょっと待って。もっとすごいシチュエーションを考えるから」

「ちょ……ばか！　やめなさいよ！　何そんな……だめ、そんなの――！」

かあああっと耳まで赤くなり、げしげし足を踏んでくる。どんなのを想像しちゃったんだろう。この年頃の女子は、男子の妄想力を上回るから油断《ゆだん》できない。

「リンネ、ちだねの妄想は禁止。その代わり、わたしが身代わりになる」

ぼそっと反対側から声がする。繭《まゆ》が猛虎《もうこ》のポーズを決めて、僕を威嚇《いかく》していた。

「……身代わりって何？」

「ちだねの口を汚す代わりに、わたしの口を汚していい」

「口って何!?　僕が何を妄想してると妄想したの!?」

「リンネキモイ！　痴漢痴漢！　痴漢しかいない満員電車！」

「それすごく男臭いからね！」

なんていう僕たちのやり取りにも反応せず、ちだね先輩はひたすらがさごそやっていた。一体、何を探しているんだろう？

そう言えば、先輩は『水遊びをします』と言った。『プールに行きます』ではなく。

「……ちだね先輩。水遊びって、どこでやるんですか？」

先輩のお尻がもぞもぞ動いて、こちらに這《は》い出《だ》してくる。お目当てのものを探《さぐ》り当《あ》てたらしい。先輩はブツを背中に隠して、悪戯《いたずら》っぽい笑顔を見せた。

「外は真冬なのよ、リンネくん」

「中も真冬ですけどね」

「この寒空の下、水に浸かりに出かけるなんて、精神《せいしん》が凍《こご》えるでしょう？」

お姉さんぶった口ぶりだけど、要は出かけるだけの根性《こんじょう》がない。

「じゃあ、水遊びなんてやりようが――」

「ふっふーん、このわたしが何の考えもなく、そんな提案《ていあん》をすると思って？」

「普段、めちゃくちゃ思いつきで行動してると思いますけど」

「わたしたちには、これがあるのよ！」

ばーん、という効果音《こうかおん》が似合う仕草《しぐさ》で、隠していたものを広げて見せる。

それは某《ぼう》魔法少女シリーズのキャラが描かれた、特大ビニールプールだった。

「……まさか、そのプールで水遊びをするんですか？」

「正解♡」

「……あのですね、先輩。ご存知ないかもしれませんが、今は二月ですよ？」

「もちろん知ってるよ⁉　バカにしてるねリンネくん⁉」

「ご存知ないかもしれませんが、二月は冬ですよ？」

「知ってるからね⁉　でも大丈夫！　暖房《だんぼう》が効《き》きすぎて暑いくらいだもん！」

「ビニールプールじゃバタ足の練習もできませんよ」

「そこは残念だけど、水の抵抗を使って、筋トレくらいはできるわ」

「そもそも、ここには肝心《かんじん》の水着がないじゃないですか」

「心配ご無用よ！　水着ならここにあるわ！」

さらにロッカーをまさぐる先輩。じゃーんっ、と先輩が差し出したのはダンボール箱で、中には各種の衣類が詰め込まれていた。

箱の中をのぞき込み、ユーリが目をまん丸にする。

「これって――こ、こ、コス、コスプレっ⁉」

そう、箱の中に入っていたのは、メイド服にナース服、婦警《ふけい》の制服、園児服《スモック》……ってマニアックすぎるよ、このチョイス！

繭が衣装を見下ろして、珍《めずら》しく嬉《うれ》しそうな声を出した。

「これ、新入生『大』歓迎祭《かんげいさい》で、ミニ演劇をやったときの衣装」

「いかがわしいお店みたいな品揃《しなぞろ》えなんだけど……？」

「脚本《きゃくほん》はわたしが書いた」

「……それは何て言うか、果てしなく不安になる話だね」

「ナースとメイドが女子高生に変身して外宇宙《そとうちゅう》の婦警と戦う設定」

「何で外宇宙に婦警さんがいるの⁉　明らかにこっちが悪役だよね⁉　何で女子高生に変身するの⁉」

「リンネ、ツッコミにキレがない。ベタな疑問を並べただけ」

「ダメな脚本家にダメ出しされたよ⁉」

「女子高生は人類最強。これは生物学的にも理《り》に適《かな》っている。おじさんたちが理論武装《りろんぶそう》して話してるのをネットで見た」

「……それ絶対いかがわしい説だよね？　先輩の珍説《ちんせつ》なみだよね？」

「ちなみに、二段変身して園児になる」

「幼いほど強いの⁉　そのオッサンたち、ただのロリコンだよ！」

「何それ痴漢！　キモイロリコンはリンネだけで十分よ！」

「ロリコン認定⁉　やめてよ義妹《いもうと》がそういうこと言うの！」

ちだね先輩が本気にしたらどうするんだよ⁉

という僕の恐怖は杞憂《きゆう》に終わる。先輩はロリコンうんぬんは聞いてなかったみたいで、メイド服を肩に合わせて、懐《なつ》かしそうに笑っていた。

「大変だったわよねえ、早変わりのトリックとか」

「……例によって、無駄《むだ》にディティール凝《こ》ってますね」

「青春に手抜きは許されないのよ」

そこはかとなくハードボイルド風味に言う。かっこいいことを言ってるつもりらしいけど、普段の暴走っぷりを正当化しただけにも見える。

「ところで肝心の水着は——って、あれ？　底の方に雑誌みたいな本が」

「だめーっ！」

　ちだね先輩が真《ま》っ赤《か》になって、ダンボールをかっさらった。ちらりと見えたところでは、凝った装丁《そうてい》の小冊子が四、五冊入っていたようだけど？

「そ、そうだったわ……。冬の戦利品を一部、ここに隠してたんだっけ……」

　怯《おび》えた様子で僕たちを振り向く先輩。いかがわしい本だったのかもしれない。

　つつい、とユーリが前に出て、妙にもじもじしながら言った。

「せ、先輩、ひょっとして、ガンダムとか……お好きなんですか？」

「え、ユーリちゃんもっ？」

　先輩はぱああっと顔を輝かせ、ユーリの手を取った。

「ユーリちゃん推《お》しのカプは何？　わたしは刹公《セツハム》逆転アリで永久機関《えいきゆうきかん》モノを推す！」

「え、永久機関……？　カプ……カプール？」

「あ、ごめん、いきなり突っ込みすぎちゃった！　万が一にも部室で戦争が起こっちゃ困るわよね。えーと、好きなキャラは？」

「ラル大尉《たいい》です！　あとはドズルとかハーディ隊長とか！　バスク・オムの卑劣《ひれつ》っぷりも悪《あく》の華《はな》って感じがしてそそります！」

「ばすく×おむ……体位？」

ビミョーな空気が漂《ただよ》い、二人の会話はそれっきり途切れた。

ガンダムは全然詳《くわ》しくないけれど、人はわかり合えないということを僕は知った。

無駄話もそこそこに、ちだね先輩は衣装をかきわけ、箱から水着を取り出した。

濃紺《のうこん》、純白《じゅんぱく》、真紅《しんく》にピンク。競泳《きょうえい》タイプに、いわゆるスク水まで。大変けしからんラインナップ。ただし、全部ワンピースで、セパレートの水着は一つもなかった。

おへそ派と下乳《したちち》派には残念な展開だ。……いや、僕がそうなわけじゃなく。ただ、以前目撃してしまった先輩のおへそと下乳は、見ただけで寿命《じゅみょう》が一〇年延びそうな、神々《こうごう》しいまでの美しさだったから、僕がフェチを開発されていてもおかしくない。

「これだけあれば大丈夫。ユーリちゃんはわたしと同じくらいのサイズよね？」

先輩の質問に、ユーリは返事をしない。

ひどく真剣な顔で白いワンピースを見つめている。

すごく生地《きじ》が薄《うす》い。濡《ぬ》れると嬉し……もとい、困ったことになりそうだ。

「ユーリ、それ着るの？」

「はあっ？　ば、ば、バカじゃないの⁉　た、確かにこれをつければあたしの女子力は数倍に跳《は》ね上《あ》がるけど、こんなの着るわけないじゃない！」

「そっか、残念」

「え……？」

僕は水着をざっと見て、ほっとした気分で、ちだね先輩に念を押した。

「男子用のはないですね？」

「リンネくんも着ていいよ」

「何もよくないですからね⁉　大変なことになりますからね⁉」

「リンネはパンツも可。全裸《ぜんら》でも可」

「何言ってるの藺⁉　不可だよ⁉　不可逆的《ふかぎゃくてき》に不可だよ⁉」

「何よ、パンイチなんて慣《な》れっこじゃない」

「ユーリ……今度その件に触れたら、義兄妹《きょうだい》の縁《えん》を切るからね？」

「そ、そんなの……ひどい……ぐすっ……」

「非道なのはそっちだからね⁉」

全裸は言わずもがな、パンツ一丁も絶対ダメだ。

四人が入ればぎゅうぎゅう詰めのビニールプール。水着の女の子たちとパンツ一丁で混浴《こんよく》なんて、絶対おかしなことになる。

「それじゃ、僕は見学ってことで！」

「見学なんてダメよ！　青春は全員参加が原則なの！」

熱血青春モードの先輩が厳しくストップをかけてくる。

「うーん……じゃあ、リンネくんはこれをお願い！」

先輩は僕の胸にビニールプールを押しつけ、にこにこと邪気《じやき》のない笑顔を向けた。

僕はおそるおそる、重要な点を確認する。

「あの……エアポンプとかは？」

「なくしちゃったみたい♡」

つまり、息を吹き込めと？　こんな特大サイズの風船に？

……苦行だな、うん。

でも、そのくらいで女子三人の水着姿が拝《おが》めるなら、悪い話じゃない。

僕は大人しく、ぷー、ぷー、と空気を吹き込み始めた。始めて数秒で、道のりは想像を絶するほど遠いのだと理解した。

少し経《た》って、何の気なしに背後を見ると、青ざめたユーリが立っていた。

「ん？　どうかしたの、ユーリ――」

言い終わる前に蹴《け》りがきた。ユーリの靴底《くつぞこ》が僕の眉間《みけん》を直撃《ちょくげき》。僕はふにゃふにゃのビニールプールもろとも実習室の床《ゆか》に転がる。そのせいで純白の布地が見えてしまったのは望外《ぼうがい》の幸い――もとい、予想だにしない不幸なできごとだった。

「着替えるから、出てけーっ！」

泣きながら、スカートを押さえて叫《さけ》ぶユーリ。ごもっとも。今のは僕が悪かった。

僕はビニールプールをずるずる引きずって、実習室の外に出る。

廊下《ろうか》では、女子テニス部が体力作りをしていた。

一斉《いっせい》に視線《しせん》が集中する。初めて知った。視線って、本当に痛いんだ。

バレンタインデーの放課後《ほうかご》に、女子テニス部員の前で、酸欠《さんけつ》になりながら、魔法少女のビニールプールをぷうぷう膨《ふく》らませる僕。

とても痛々しい光景だけど、僕には希望がある。先輩の水着姿、先輩の水着姿と念仏のように繰り返しながら、僕はぷうぷう空気を送り続けた。

準備室でやればよかったってことは、苦行が終わってから気付いた。

2

バカリンネを実習室から追い出すと、あたしは急いで制服を脱いだ。

ドキドキうるさい心臓《しんぞう》の音を耳元に聞きながら、スカートを下ろし、下着もはぎ取って、一糸《いっし》まとわぬ姿になる。

キープしておいた白い水着にいそいそと足を通す。肩紐《かたひも》をかけ、左右の胸を微調整《びちょうせい》したら、あたしの着替えはもう終わった。

実際に着てみると、切れ込みが予想以上にきわどい感じ。恥ずかしくて、耳が熱い。

でも、今さら脱ぐわけにはいかない。あたしには急いで済ませなくちゃならない用事があるし、何と言っても、リンネが見たいのはこの水着なんだろうから。

それにしても、ちだね先輩、グッジョブ……！

おかげであたしの計画は、思いのほかスムーズにいきそう。

それに、あたしの水着姿にときめかない男子なんていない。

誓《ちか》って言うけど、あたしは別に喪女《もじょ》じゃない。ちょっと男子を泣かすことが多いっていうか、完璧《かんぺき》すぎて近寄りがたいキャラっていうか、リンネ以外は話しかけてくんなっていうかだから——って、そんなわけないじゃない！　バカじゃない⁉

……自分でも何言ってるのかわかんなくなっちゃったけど、とにかくそんな感じだから、男子が寄ってこないだけ。きっとそう。そのはず。そう……だよね？

根拠《こんきょ》のない自信がぐらぐら揺れて、床が崩《くず》れ落《お》ちるような気がした。

ぷるぷるかぶりを振って、弱気の虫を振り払う。

あたしは最近よくわからない不安にとりつかれていて、ちょっとしたことでヘコんでしまう。特に、リンネの前ではそう。だって、あたしには絶対、勝ち目がない。リンネにとっての〈一番〉は、たぶん一生、あたしじゃない。

あいつの中には、これまでも、これからも、たった一人の女の子が……。

——っと、ダメダメ！　また弱気になっちゃってる！

「ちだね。うしろ結んで」

藺が先輩に紐を結んでもらってる。藺は体がちょーカタイんだよね。運動不足だからかな。でも、体型はスレンダー。水着もよく似合ってる。

藺が選んだのは黒の大人っぽい水着で、エプロンみたいな紐つきのやつ。悔《くや》しいけど、すごくカワイイ。先輩はセーラーを脱いだところで止まっていた。キツそうなキャミの下から、たっぷりとしたふくらみが主張している。

あたしは思わず自分の胸を押さえる。この水着、胸回りが少しゆるい。

……あれ？　あたし、踏み台にされた？

若干《じゃっかん》、負けた気分を引きずりながら、あたしは忍び足で歩き出した。

まずは自分のカバンに取りついて、素早くファスナーを開く。こぼれ落ちそうになるピンクの携帯をきわどくキャッチ、カバンの中に押し戻す。

そのままカバンをまさぐって、小さな箱を探り当てた。

リボンがカワイイ真四角の箱。当たり前だけど、中身はチョコレート。

今年こそ、リンネに渡そうって決めてた。一〇年も一緒《いっしょ》に暮らしてるのに、あたしったら今回が初めてなんだから笑っちゃう。

小箱を胸に隠して、そーっと背後を振り返る。

「ちだね。ポロリしたいときは、どうすればいい？」

「しなくていいよ⁉　てゆか、狙《ねら》ってやるものじゃないからね⁉」

「……こう？」

紐がほどけて、ぺろんっと前がはだけてしまう。……グッジョブ、繭。そのまま先輩を釘付《くぎづ》けにしていてね。

あたしは音もなく位置を変え、今度はリンネのカバンに取りついた。

金具をひねってロックを外す。その途端《とたん》、予想外のできごとが起こった。

どさどさっと派手な音を立てて、分厚い本が何冊も床に落ちる。

リンネ、キモイ！　何で今日に限って、こんなに入ってるのよ！

心の中で罵声《ばせい》を浴びせつつ、びくびくしながら振り返ると。

ちだね先輩と繭は、やっぱりこっちを振り返っていた。

あたしはチョコを背中に隠して、えへっとスマイル。どうにかごまかそうと試みる。

二人の注意はあたしの足もと、リンネのカバンから落ちたものに向いていた。

分厚い歴史の資料集《しりょうしゅう》。何冊かの教科書。ルーズリーフのバインダー。そして——

ちょこんとふたつ、カワイイ包みが資料集の上にのっていた。

小箱はどっちもリボンつき。片方は濃いブルーの包装《ほうそう》……リンネが頻繁《ひんぱん》に寄り道する
チョコ屋さんの包みだ。もうひとつは赤い包装……こちらはブランドが入っていない、
ちょっとへたっぴな包装で、明らかに手作り系。

あたしの胸にむかむかが込み上げた。バカリンネ！　二個ももらって浮気者……って、

別にリンネはあたしのものじゃないけど、でも悔しい！

「も、もー、あいつったら何なの？　ちゃんとロックかけなさいよね！」

なんて苦しいことを言いながら、片手だけで資料集をつかんだとき、横から手が伸びてきて、ひょいっと赤い方の包みをつかみ上げた。

「こ、これ……やっぱりチョコレート……よねっ？」

ちだね先輩だった。綺麗《きれい》な顔を朱色《しゅいろ》に染めて、恥ずかしそうに、でもすごく興奮して、包みをじーっと見つめている。

先輩は青春狂いだから、バレンタインには当然興味があるんだろう。……そのわりに今日、部活にそれを持ち出さなかった。普段のノリなら、『今日はバレンタインらしいことをするわよ！』って言い出しそうなものなのに。

先輩は『うひゃー』という感じで、変に早口になって言った。

「り、り、リンネくん、すみにおけないね！　二つももらってるなんて！」

「ほ、ほ、ほんと、もの好きがいますよね！　ゲテモノ好きが！　よ、よりにもよってリンネにチョコあげるなんて！」

あははー、と白々しく笑い合っていると、繭がとことこ近付いてきて、先輩の手から赤い包みを取り上げた。

「これ、わたしの」

『ええーっ⁉』

あたしと先輩の声が重なる。繭はいつもの無表情で、

「お昼休みに、リンネにあげた」

「ま、繭が……⁉」

そのときのあたしの衝撃《しょうげき》ったら、ない。思わず涙ぐんじゃうくらい。

「ぬ……ぬけがけしてたのね！　このどろぼう猫！」

「大丈夫。わたしのは毒入り」

「全っ然、大丈夫じゃないし！　あんたの場合、冗談《じょうだん》に聞こえないから怖いのよ！」

「冗談じゃない。でも大丈夫。経口投与《けいこうとうよ》でＬＤ五〇もいってない」

「……えるでぃー？　何それ？」

「半致死量《はんちしりょう》。動物実験で約半数が死に至るような分量を言う。これを体重換算《たいじゅうかんさん》して、人体に当てはめると——」

「没収《ぼっしゅう》っ！」

あたしはソッコーで包みを奪《うば》い取《と》った。

「ああ……」

悲しげな声を出す繭。それから、むむっと眉《まゆ》をひそめて、あたしをにらんだ。

「ユーリ、横暴《おうぼう》。リンネを取られると思って、邪魔《じゃま》をする」

「ちち違うわよっ。ななな何ゆっちゃってんのよっ。何であたしが――」

「ユーリも渡すつもりだから。その、手に持ってるのを」

ぎっくーん、と硬直《こうちょく》するあたし。

背中に隠したつもりだったけど、やっぱり隠せていなかった。

「か、か、勘違《かんちが》いしないで？　ここ、これは拾って……そう、今拾ったの！　リンネってば、ほんとは三つもらってたのね！」

ちらっと二人の方をうかがうと、ちだね先輩も繭も視線が生温《なまあたた》かい。

「っくぅ～、悪い⁉　あたしは同居してる従妹《いとこ》なんだから、家族にチョコ渡したって何の不思議もないでしょ！」

「うん。義妹《いもうと》だから、おかしくない」

……こいつ、やなとこ強調したな。

例によって、ひどい不安に襲《おそ》われるあたしを、ちだね先輩の声が救った。

「二人とも優しいねえ。やっぱり、心に慈母《じぼ》が住んでるのね」

……先輩ってば、また変なリアクションをしてる。

「リンネくんがつらい現実に打ちひしがれないように、気をつかってあげたのよね」

「つらい現実って？」

「今年もまた一個ももらえなかったなあ、っていう。それも青春だけど！」

「先輩がトドメ刺してます！　それ聞いたら、あいつ超ヘコみますからっ」

まあ実際、リンネがチョコをもらうなんて何年ぶりかの快挙《かいきょ》だ。

そう、五年前の、あのとき以来――

こめかみに鈍《にぶ》い痛みが走った。ううん、痛いのは胸だったかもしれない。

今度は感傷《かんしょう》にのみ込まれそうになるあたしを、薊の言葉が現実に引き戻した。

「でも、だとすると、疑問が残る」

不可解《ふかかい》そうな声。薊の瞳はちだね先輩の手の中、ブルーの包みを見つめている。

リンネのカバンから転がり落ちた、もうひとつのチョコだ。

「ユーリはまだ渡してない。そうすると、これは誰からの？」

「うーん……あ、ヒナかな？」

「違う。もし雛子が学校にきたなら、きっと部室にも顔を出す」

確かに。ヒナはわけあって、四か月前から不登校状態だけど、あたしたちとは顔を合わせてくれる。挨拶《あいさつ》もなく帰っちゃうなんておかしい。

だとすると。

「――えっ？　わたし⁉」

ちだね先輩は『はわわっ』とあわてて、チョコの包みをお手玉した。

「ちち違うよ！　わたしはまだ渡してな――」

はい、お約束。さすが、ちだね先輩は期待を裏切らない。語るに落ちた。

「先輩も渡すつもりだったんですね……？」

常日頃、青春青春とうるさい先輩が、どうしてバレンタインなんていう青春イベントをスルーしてたのか、やっとわかった。

めちゃくちゃ意識してたんだ、先輩も。

「ごめんなさい……ちょっと、青春を味わってみたかっただけなの……」

あたしと繭の視線を浴びて、先輩は可哀相《かわいそう》なくらい小さくなった。

「そうよね、おかしいよね。わたしみたいなゲスい喪女《もじょ》がバレンタインのチョコレートだなんて、ちゃんちゃらおかしいわよね」

「先輩、ネガ入らないで！　大丈夫です！　あいつ、泣いて喜びます！」

「そ、そうかなっ？　わたしなりの慈母の心、つまりはお情けなんだけどっ」

「……それはぜひ、言わないでやってください」

先輩ははにかんだ顔で、えへへと笑った。

……悔しいけど、認める。ちだね先輩は可愛《かわい》い。あたしなんかより、ずっと。

「ちだねでもないとすると、これは誰の？」

繭が話を戻す。あたしたちはそろって腕組みをして、考え込んだ。

「あ……ひょっとして、リンネのやつじゃないですか？」

意味がわからなかったのか、繭と先輩は同時に小首を傾《かし》げた。

「この学校にはそういう特別ルールがありますよね？　男子の方からも渡していい、っていう。ただし、義理《ぎり》はナシで。本命だけの」

「誠心《せいしん》逆チョコ〈岡崎《おかざき》ルール〉ね！」

先輩の瞳がキラッと輝く。青春☆ヴァカ的に燃《も》えるシチュエーションらしい。

「……それ、何？」

一方、繭はこういう話に疎《うと》いみたい。先輩は嬉々《きき》として説明した。

「今から五年ほど前、岡崎くんってゆう漢《おとこ》の中の漢と呼ぶに相応《ふさわ》しいオトメンがいてね。手作りチョコを好きな子にプレゼントして、見事ハートを射止《いと》めたのよ。以来、男子がチョコを渡してもいいよ～ってゆう空気が醸成《じょうせい》されたの！」

うっとりと語る先輩。でも、繭はぴんとこない様子で、

「じゃあ、リンネが誰かに渡すの？」

「あのね、これ、バカリンネの好きなお店なんだ」

あたしはブルーの包みの真ん中、〈エクレール〉っていう金文字を指差した。

「一時期、毎週通ってたくらい好きで。大体、あいつが知ってるチョコレート屋さんって、ここくらいだし。だから、たぶん……」

なんだろう。この気持ち。胸がざわつくよ。

あたしは先輩の横顔を盗み見た。あたしの不安なんて知る由《よし》もない先輩は、何か面白いことを思いついたらしく、

「だったら、確かめてみましょう。友達の恋を応援する——それもまた青春よ！」

すっごく鈍いことを言った。……ちょっとだけ、リンネに同情。

3

ちゃぽちゃぽと水面を揺らして、わたしは口まで水に浸かる。

……水、きもちい。でも、今はそれどころじゃない。

わたしのとなりには、ちだねとユーリが座っている。二人とも、ぼんやりしている。水をすくったり、足を上げたりしてるけど、全然、上《うわ》の空《そら》だ。

二人とも、リンネのチョコが誰にあげるものなのか、考えている。

当事者のリンネは、プールの外。椅子《いす》に後ろ向きに座って、こっちを見ている。

綺麗に整った小顔。リンネはわりと美形《びけい》だ。でも、かっこよくはない。ポニーテールになんかしてるから、ますます女の子っぽい。ちだねが好きなＲＰＧに、こんな髪の毛の主人公がいたけど、まあ、今は関係ない。

「そ、それで、どうやって確かめよっか……？」

言い出しっぺのちだねが、やけに頼りない声音でささやく。

わたしたちは自然と車座《くるまざ》になって内緒話《ないしょばなし》を始めた。リンネが「え⁉　何⁉　僕ハブられてるの⁉　仲間はずれ⁉」とか言ったけど、誰も返事をしない。

まず、ユーリがひそひそ声で意見を言った。

「ヒナってことはないんじゃないですか？　だって、学校にこないし」

「確かめてみましょう」

ちだねの行動は早い。じゃばじゃばとリンネの方に接近。リンネは露骨《ろこつ》にうろたえた。顔を背《そむ》けようとするけど、目はしっかりとちだねの胸元をとらえている。

むう。リンネはえっちだ。でも、ちだねの胸は破壊力抜群《はかいりょくばつぐん》だから仕方がない。

「リンネくん、今日これから、郵便局に行く予定ある？」

「郵便局……ですか？　別に、予定はありませんけど」

「じゃあ宅配便《たくはいびん》の営業所。お届け物をする予定は？」

「ありませんってば。何のなぞなぞですか？」

わたしたちはまた円陣《えんじん》を組んで、ひそひそ話を再開した。

「ぐっじょぶ、ちだね。これで、雛子のセンは消えた」

「はー、ほっとしたよー。ごめんね、雛子ちゃん、ほっとして」

「……何でほっとするんですか、先輩？」

ユーリの眼光《がんこう》が鋭《するど》くなる。ちだねはしらばっくれた様子で、そっぽを向いた。

二人のあいだに緊張感《きんちょうかん》が漂《ただよ》う。……これでは話が進まない。

わたしはすいっと水の中を這って、プールのへりに胸を出した。

「リンネ」

「な、なに？」

リンネはわたしの肩、鎖骨《さこつ》のあたりを見て赤くなった。……んむう？　わたしの体にはちだねみたいな兵器は搭載《とうさい》されていないのに、変なやつだ。

それはともかく、わたしはリンネに質問した。

「今日、ちだねに何かあげる？」

「繭、ストレートすぎ！」

ユーリがあわてる。でも、リンネは別にあわててなかった。

「先輩に？　いや……予定はないけど」

「そ、そうよね……ないよね……」

ウフフ、と乾《かわ》いた笑いを漏《も》らすちだね。何だか、影が薄くなっている。

他方、ユーリはふるふるっと震えた。

興奮《こうふん》と緊張ではちきれそうになっている。やがて、熱した密封《みっぷう》フラスコが砕けるように、ユーリはプールを飛び出して、リンネに詰め寄った。

小さな臀部《でんぶ》がわたしの視界《しかい》を塞《ふさ》ぐ。白い水着に肌色が透《す》けているけど、ユーリはそこまで気が回らないらしい。すごく切羽詰《せっぱつ》まった感じで、一気に言った。

「じゃ、じゃあ、あの、あたっ――」

途切れる言葉。ユーリは口を押さえてうずくまった。

――舌《した》を噛《か》んだらしい。リンネがおっかなびっくり、ユーリの泣き顔をのぞき込む。

「ちょ……ユーリ、大丈夫？」

「あらひにわらすものはっ⁉」

「へ？　いや、ごめん、ないけど……？」

ぴしっ、と音がして、ユーリは硬直した。

人形みたいにカチコチの動作で戻ってきて、プールの中で三角座り。それっきり、動かない。砕け散る一歩手前といった感じ。……精神は既《すで》に砕け散ったかも？

ともかく、これでユーリという可能性も消えた。

雛子でもなく、ちだねでもなく、ユーリでもない。

……むう。これは一体、どういうことだろう？

普通に考えれば。導き出される解答は一つ。

リンネのターゲットは――わたし？

でも、おかしい。わたし宛《あ》てなら、お昼休みにくれればよかった。お昼休み、わたしはリンネを呼び出して、この部室でチョコをあげたのだ。

うむう……あ、そうか。リンネはきっと、大変な照れ屋さんなのだ。

わたしにチョコを渡されて、すごく緊張してしまって、自分は渡せなかったのだ。

それは実に説得力《せっとくりょく》のある解答だった。この解答に行きついた途端、わたしは激《はげ》しい動悸《どうき》を感じた。どきどき、どきどきと胸骨《きょうこつ》が苦しい。

わたしは、この感覚を知っている。この興奮は――

殺人鬼が標的を前にして覚えるという、あの感じ？

……いや、違う。そうじゃない。もっと乙女《おとめ》ちっくな感覚だ。

はふーはふーと深呼吸をしてみたけど、どきどきは治まらない。

それどころか、体の奥がどんどん熱くなる。恥ずかしくて、逃げ出したくて――

わたしはじゃぼんっと水に潜《もぐ》って、熱くなった耳を冷やした。

4

自分でも不思議《ふしぎ》なくらい、わたしはショックを受けていた。

リンネくんが繭にチョコをあげる――それはとても喜ばしいこと。わたしのほかにも、繭のいいところをわかって、好きになってくれる人がいるってこと。

それなのに。

あれ、何だろう。変だな。おかしいな。なぜだか、胸のあたりがもやもやする。

まるで、知りたくないことを知ってしまって、後悔しているときみたいな気持ち。

繭は赤くなった顔を隠すように、水に潜ってぶくぶく息を吐いている。

可愛らしい仕草。繭らしい、変な仕草。繭のその仕草を見て、思わず微笑《ほほえ》んでしまった瞬間、ずきん、と鋭い痛みがわたしの胸を貫《つらぬ》いた。

わたし、ひょっとして——

心臓病？

そ、そうかも！　最近何だか動悸がするし。長期間、強いストレスにさらされていると、心筋梗塞《しんきんこうそく》のリスクが強まるっていうし。

うーん、でも、やっぱり残念。

リンネくんのジゴロ発言は全部本気で、本当にわたしのことが好きなのかも……なんて想像しちゃったあとだけに、ちょっぴり面白くない感じ。

でも、わたしにとって一番大事なのは、やっぱり繭。リンネくんの気持ちにはどっちみち応《こた》えられなかった。だから、これでいいんだよね？

繭は鼻から上だけを出して、リンネくんをちらちら見ていた。

ふふっ、訊《き》きたがってる。繭が思ったことを言えないなんて、よっぽど意識してるね。

よおし、わたしが代わりに訊いてあげる。

「じゃあ、リンネくん。あれは繭にあげるのね？」

その途端、繭とユーリちゃんの呼吸が止まった。二人とも、耳をダンボみたいにして、リンネくんの返事に集中している。

二人のことは笑えない。本当のことを言うと、わたしもかなり緊張していた。

わたしたちが息を詰めて見守る中、リンネくんの唇が開いた。

「あの……さっきから何の話を？　繭に渡すものも、僕は持ってませんけど」

わたしたちはお互いに顔を見合わせた。

そして、示し合わせたように水から上がった。

5

そこまで回想して、僕は現実に戻ってきた。

そう――突然みんながよそよそしくなったと思ったら、わけのわからない質問をしてきて、挙句《あげく》の果てに、寄ってたかって拘束《こうそく》された。

振り払うこともできたけど、水着姿の女の子にもみくちゃにされて、暴力なんてふるえるだろうか？　そんなもったいないことが？

　そして、あれよあれよと言う間に、僕は椅子に縛りつけられてしまった。

　とうに携帯は奪われて、履歴《りれき》のチェックをされている。

「さあ、リンネくん。本当のことをゆって！」

　ちだね先輩が悲しそうに僕を見上げている。

　先輩にそんな顔をされるのはつらい。でもあいにく、僕には何のことかさっぱりだ。

　僕は綺麗な体です。昼休みのアレはグレーであってクロじゃない！

「ちょ……誰か説明してよ！　何なのこのカオス⁉」

「いーい、リンネくん。人はみな、心に魔物が住んでいる――」

「その珍説ストップ！　僕をハメる意図がミエミエです！」

「往生際《おうじょうぎわ》が悪いわよっ、グローバルキモイ男リンネ！」

「そんなグローバル化は断固拒否《だんこきょひ》する！」

　我慢しきれなくなったように、ユーリが僕にぶつかってくる。うわっ、こら、やめろ、そんな薄い水着で！

「今さらとぼけても無駄なんだから！　全部ゲロっちゃいなさいよ！」

「だから、何をさ⁉」

「あんたのカバンに入ってた、あれのことよっ」

　半べそをかきながら叫ぶ。その瞬間、僕の中で時間が止まった。

僕のただならぬ変化は三人にも伝わったようだ。先輩も繭もユーリも、ぎくっとした様子で、こわごわ、僕の方をうかがっている。

「……見たの、あれを？」

自分でもわかるくらい、僕の声からは抑揚《よくよう》が消えていた。

「リンネ。事は露見《ろけん》した」

死刑を告げる裁判官のように、繭は淡々と言った。

「リンネは今日、わたしたち以外の誰かに、チョコをもらった」

とっさに、何も言えない。

言い逃れの方法はあったはず。そもそも、決定的な秘密はまだバレてない。それなのに、僕はもうかなりテンパっていて、上手《うま》い言い訳を思いつかなかった。

僕の沈黙《ちんもく》を肯定と受け取って、女の子たちの視線がますます冷たくなる。

「え……ちょ、何でそんな冷ややかなの？　何か僕、悪いことした？」

「した」

即答《そくとう》。繭は汚物《おぶつ》を見るような目で僕を見下ろした。

「リンネ、その子を脅迫《きょうはく》した。チョコを寄越《よこ》せって」

「脅迫!?　してないよ！」

「さもないと写真をばらまくって」

「写真って何⁉　何も撮ってないからね⁉」

「そんなのひどいよ、リンネくん……ジゴロはまだしも合意の上なんだよ……⁉」

ちだね先輩の目尻に、たちまち涙が盛り上がった。

「ちょ……真《ま》に受《う》けないで！　大変な誤解です！」

「先輩。こんな四次元レベルのキモイ痴漢、消した方が三次元のためです」

据《す》わった目でユーリがつぶやく。いや、据わってるどころか、ちょっと病的な感じの、ハイライトが消えた瞳だ。情緒《じょうちょ》不安定からサイコさんにクラスアップ⁉

だめだ。今日のみんなはテンションがおかしい。真冬に水着姿で水遊びなんかしてるから、おかしくなったに違いない。

僕は身の危険を感じて、あわてて続きを言った。

「僕は何もしてない！　何もしてないのに、向こうが勝手に寄越したんだ！」

『ええーっ⁉』

度肝《どぎも》を抜かれ、女性陣が一斉にのけぞる――って、そんなに驚くこと⁉

真っ先に食いついたのはユーリだった。

「だっ、誰よ！　どこのビッチ⁉」

「僕のことが好きなだけでビッチ認定するなよ⁉」

「リンネくん。何かのときは、知り合いの弁護士《べんごし》さんが――」

「詐欺《さぎ》じゃないですよ⁉　いや、詐欺ならまだマシだった……！」

ぞぞぞっと寒気が襲《おそ》ってきて、僕は身震いした。

「……どうしたの、リンネくん。くれたのは誰？」

ちだね先輩が心配そうにのぞき込んでくる。

僕は十三階段を昇る死刑囚の気分で、絶対に言いたくなかった秘密を暴露《ばくろ》にした。

「となりのクラスの……源《みなもとひかる》光……です」

「ミナモトヒカル――って、Ｆ組の美少年⁉　やんごとなき〈六条院《ろくじょういん》〉⁉」

畜生《ちくしょう》あの野郎、ちだね先輩に美少年って言われたぞ！　しかも、何かミヤビな通称まで持っててムカつく！

「先輩……源と知り合いなんですか？」

「は、話したことはないよ？　わたし、美少年を前にするとどもっちゃうしっ」

怒りが二倍に跳ね上がる。僕とは普通に話してくれるのにね！

「待って待って。てゆことはリンネくん……男の子にもらった……の？」

僕の中で何かが切れた。僕は水を蹴りながら、トラウマの扉を全開放した。

「兆候《ちょうこう》はあったんだ！　少し前から、好きな色は何色だとか、甘いものは嫌いじゃないかとか、チョコレートの美味《おい》しい店を知らないかとか訊いてきて……っ！　友達だと思ってたのに！　あんまりだ！　ひどい裏切りだ！」

僕の切ない心情吐露《しんじようとろ》を聞いて、女の子たちは――

爆笑した。

ちだね先輩は我慢《がまん》しようとしてできない感じで。繭は口を押さえて。ユーリに至っては何のためらいもなく、楽しそうに笑い転げている。

みんな、ひどい！　僕の気も知らないで！

こうなるのが目に見えていたから、秘密裏《ひみつり》に処分するつもりだったのに……。

「素敵よ、リンネくん！」

ちだね先輩の情熱的な声が僕の鼓膜《こまく》を揺さぶった。

素敵と言われてしまった！　保存保存！　脳内ハードディスクに永久保存！

水着姿の先輩が僕の前に迫り、至近距離から、うっとりと見つめる。

「キミには素質《そしつ》があると思っていたの」

「え、素質……？」

「美少年に愛されるなんて素敵！」

「そんな素敵さはいらねえ！」

僕は先輩至上主義だけど、ときには敬語を忘れる。

男に告白されたことを、好きな人に『素敵』と言われてしまった僕。

……アレ？　ここ、泣いていいとこ？

「先輩……人はみな、心にダイエット中の女子が住んでいるんです」

「え？　そのココロは？」

「チョコレートなんて、見るだけでつらいんです」

先輩はくすっと笑って、それから、くるりときびすを返した。

自分のカバンを開けて、何やら中を探っている。ユーリも繭も、示し合わせたみたいに、それぞれのカバンに手を突っ込む。

僕を放置して帰《かえ》り支度《じたく》を始めたんじゃ……なんていう不安は、もちろん空振《からぶ》り。

三人はカバンから何かを取り出し、うなずき合って、僕の前に戻ってきた。

ん？　みんなが持ってるのって……いや、でも、まさか先輩が……ユーリは僕のことさんざんキモイって言ってたし、繭にはもうもらったし……アレ？

わけがわからずキョドる僕に、ちだね先輩は——

「心の中の女子には悪いけど、これは持って帰ってね？」

そう言って、リボンのかかった小箱を差し出した。

ユーリはぶっきらぼうに。繭は普段通りの無表情で。

「ハッピーバレンタイン！　リンネくん！」

僕のほろ苦いバレンタイン。

後味だけは、とてもスイートだった。

6

「ごめんね、今日は散々だったね」

午後七時、下校時刻。

化学実習室前の廊下で、僕と先輩は立ち話をしていた。

僕は自分のカバンの中、三つ──ホントは四つ──のチョコを意識しながら、

「いえ、いい思い出になりました。特に先輩の水着姿は永久保存です」

「もう！　またジゴロ発言！」

先輩は怒って、そして笑った。

「繭のチョコ、毒抜きのやつと交換したから安心してね」

「最初はやっぱり入ってたの⁉　かえって安心できないんですけど！」

「あのね、わたし、やっぱり繭が一番なのね」

不意《ふい》打《う》ちのような言葉。僕は口を開いて──結局、何も言えなかった。

わかってはいたけれど、先輩の口から聞きたくはなかった……。

「でも、いつか……そうじゃなくなる気も、してるの」

目を伏せる。

どうしたんだろう。まるで熱でもあるみたいに、先輩の顔が赤い。

よくわからない緊張が込み上げる。先輩がどこか遠くに行ってしまうような、あるいは、うんと近付いてくれそうな、不安と期待がない交ぜになった気持ち。

黙り込んだ僕にかまわず、先輩は一人語りのように続ける。

「もし来年の今頃も、こんなふうにしていられたら——そのときは繭じゃない誰かが、わたしの一番になってるかもしれない」

「来年……って、受験生ですよね？　あ、留年《りゅうねん》する気ですか？」

「しないよ⁉　たとえばの話をしてるのよ⁉」

先輩は眉《まゆ》を吊《つ》り上《あ》げ——直後、噴き出した。

「も〜、リンネくんったら、いつもそうやって意地悪ゆって！」

くすくす、くすくす。先輩は楽しげに笑っている。

僕はほっとした。よかった。いつもの先輩だ。

「リンネくんは、恋人には向かないタイプね」

不意に放たれた一言が、本日もっとも効果的な一撃となって、僕を痛めつけた。

「じゃあ、リンネくん。そろそろ帰りましょうか」

「はい——あ、繭は？」

「今日は残って、実験したいみたい」

「もう下校時刻ですよ？」

「おばあさまの許可は取ってあるから大丈夫。警備会社にも連絡が行ってるし、宿直《しゅくちょく》の先生にも伝えてあるわ」

さすがは理事長の孫。繭と青春に関してはとても用意がいい。

僕たちを待ちきれなくなったのか、先に行ったはずのユーリが戻ってきた。

「さっさと帰るわよ、キモイ男！」

「いちいちキモイって言うなよ⁉」

帰りたいなら先に帰ればいいのに。僕としては、今日はぜひとも母さんとの思い出の店に――行きつけのチョコレート屋さんに寄って帰りたかったんだけど……まあ、その店のチョコは源にもらっているわけで、無理して寄らなくてもいいか。

僕と先輩はユーリと合流して、そのまま階段を降りて行った。

昇降口《しょうこうぐち》に達したとき、いつもの癖《くせ》で胸に手をやって、異変に気付いた。

かちりかちりと時を刻む懐中時計《かいちゅうどけい》。そのとなりに、あるべき携帯がない。

「ごめん、ユーリ。ちょっと忘れ物」

「部室？」

「電話。取ってくるよ」

「ドジね。落としたの？」

「ユーリと先輩と繭が奪ったんだからね!? 僕のドジじゃないからね!?」

恐縮《きょうしゅく》する先輩と赤面するユーリを残し、僕は駆《か》け足《あし》で化学実習室に戻った。

金属の扉を開けた瞬間、むわっと緑色の気体があふれてきた。おなじみの光景なので、僕もいちいち驚かない。

「ちょっろ繭!? にゃにこの毒がしゅ! まら何かやっら……の……?」

あれえ、何だろう。全然ろれつが回らない。

甘いような香《こう》ばしいような、薬品くさい変な臭いが充満《じゅうまん》している。僕は鼻をつまみながら、もうもうと立ちこめる煙をかきわけ、中に入った。

僕は呆然《ぼうぜん》と室内を見回し、そして、それに気付いた。

教卓《きょうたく》の向こうに、白い脚《あし》が飛び出している。

繭が倒れている——そう認識した途端、僕は自動的になった。どう動いたのか、全然覚えていない。ただ、僕は一瞬で繭に駆け寄って、抱き起こしていたらしい。

腕の中の繭は見た目以上に重かった。それは実際の重量ではなく、ぐんにゃりと脱力しきっているからだろう。それもそのはず、だって繭は——

「し……」

空気のこすれる音が、僕の喉《のど》から漏れる。

「死……んで……る」

あわてて繭を揺さぶる。でも、繭はまったく無反応だった。

呼吸は止まっている。心臓も鼓動をやめている。

体温はまだある。顔はむしろ、上気しているように見える。

……何だよ、これ？

どうしてこんなことになってる？　だって今日は、全然、いつも通りだったじゃないか。みんなで部活をして、みんなでおしゃべりをして、みんなで大騒ぎした。

ちょっとみんなのテンションがおかしかったけど、それも結局、いつものことだ。

今日も、明日も、これからもずっと、僕たちはこの化学実習室で、バカバカしい日常を続けていくはずだった。それなのに――

どうすればいいんだ？　僕はどうすればいいんだ？

とにかく救急車を呼んで――その前に人工呼吸を――まずは外へ運び出そう！

僕は繭を抱え上げ、立ち上がろうとした。

でも、どうやら遅すぎたみたいだ。

なぜなら、僕の脳は……とっくに機能《きのう》を……失って……い――

第三話
青春奪還トライアル

Q　「トライアルってどういう意味？」

一般的な男子高校生

「……挑戦？」

運動好きの女子高校生

「予選のことでしょ？」

成績優秀な女子中学生

「ベルヌーイ試行のことでは？　AかBのどちらかしか――」

やたら詳しい女子高校生

「薬品の臨床試験のこと」

隠　れ　腐

「ハッ！　アル×エド×大佐の乱戦を指す隠語……!?」

1

「リンネ。何てざまなの。起きなさい、リンネ」


死に絶えたように静かな校舎で、僕はぽつんと立《た》ち尽《つ》くしていた。

日暮れ時。廊下《ろうか》の窓から、暮れなずむ街並《まちな》みが見える。普段なら、野球部やサッカー部、テニス部が練習をしている時間帯だけど、今は誰《だれ》もいない。

悪夢《あくむ》から覚めたばかりのように、ごうごうと耳鳴りがする。全然、思考が働かない。

自分の存在がひどく希薄《きはく》で、あやふやな気がした。

見えている世界に現実感がない。モニター越しに見ているような。

この感覚には覚えがある。……ああそうか。

夢だ。夢の中にいるときの、あの感覚に似ている。

どこをどう歩いたのか、いつしか僕は化学実習室《かがくじっしゅうしつ》にいた。

扉《とびら》を開けた記憶はないのに、実習室の中に入り込んでいる。

「──あ、ユーリ！」

従妹《いとこ》で義妹《いもうと》の姿を見つけ、僕は一気に覚醒《かくせい》した。

ユーリはこちらに背を向けて、うなだれている。

「ユーリ？　どうかしたの？」

呼びかけても反応がない。

「……アレ？　僕、無視されちゃってるのかな？」

どっと冷や汗が出る。何か怒らせるようなこと言ったっけ？

ユーリの肩は小刻《こきざ》みに揺《ゆ》れている。その背中は無性《むしょう》に小さく、か細《ぼそ》く思えた。ユーリは膝《ひざ》の上でこぶしを握《にぎ》り、じっと何かに耐《た》えているようだ。

また泣いてる。本当に泣き虫だ。僕は義妹の背中に手を伸ばした──


その手が、すうっと、すり抜けた。


僕は呆然《ぼうぜん》として、自分の手を見た。

僕の手はユーリに触《ふ》れることができず、突き抜けてしまった！

まるで幻影《げんえい》だ。どういうことだ？　僕は夢を見ているのか？

それとも……幻影なのは、僕の方？

自分の存在に疑問を感じた瞬間、僕の世界は崩壊《ほうかい》した。

ごおおおっ、と耳鳴りが激しくなり、何か強い力に——正体不明の水流のようなものに押し流されてしまう。

風景が見る間に変わる。学校が、市街《しがい》が、凄《すさ》まじい速さで遠ざかる。

地球の自転に追いつけない！

宇宙に放り出されるんじゃないか——そんな戦慄《せんりつ》が背筋を駆け抜けたとき、

「ぶざまね」

どこからか、鈴が鳴るような、涼《すず》やかな声がした。

女の子の声だ。脳髄《のうずい》がチリッ、と焼けたように痛む。

この声を、僕はどこかで聞いたことがある……ような気がする。

「あきれた人間ね。思考力が働いてないのね。常日頃、ブタみたいにブヒブヒ言ってるだけだから、突発的《とっぱってき》な事態《じたい》に対応できないのね」

「何でそこまで言われなくちゃ——って君は誰だ⁉　僕はどうなってるの⁉」

「二度は言わないわよ。自分が『そこにいたい』と思う場所を思い浮かべなさい」

正直わけがわからないけれど、僕がいたい場所は、さっきの化学実習室だ！

強く念じたその刹那《せつな》、謎《なぞ》の奔流《ほんりゅう》は収まった。

いつの間にか、見慣れた実習室に戻ってきている。

さっきと同じようにユーリが泣いている。そのとなりには、いつの間にかちだね先輩《せんぱい》が座っていて、ユーリの肩を抱きしめていた。

先輩の眼《め》にも涙が光っている。たまらず駆け寄ろうとしたとき、ふわり……と翠玉《すいぎょく》みたいなきらめきが僕の進路《しんろ》をふさいだ。

僕の目の前に、女の子が舞《ま》い降《お》りる。

僕の周りにいる女の子たちはみんなそれぞれに魅力的《みりょくてき》だけど、彼女はハッキリ次元の違う存在だった。

完全なシンメトリーを持つ、薄紫《うすむらさき》の双眸《そうぼう》。輪郭《りんかく》はすっきりと細く、目、鼻、口、眉《まゆ》は、計算し尽くされたように、あるべき位置についている。肌《はだ》のキメはシルクが見劣《みおと》りするレベル。彼女の神秘性《しんぴせい》がそう見せるのか、表面がぼんやり光って見えた。

でたらめな美貌《びぼう》だ。人間とは思えない。人間以上の何か……？

女の子は空中に浮いている。ほっそりとした足を組み、まるで腰かけるような格好で、僕を見下ろしていた。

身にまとうものは黒基調《くろきちょう》のドレス。肩が大きく開いていて、ガラス細工《ざいく》みたいな鎖骨《さこつ》が見えている。三重フリルのスカートに、喪服《もふく》みたいなヴェール。十字架《じゅうじか》を二つ並べたような、不思議なベルトを腰骨に引っかけていた。

そして何よりも目を惹《ひ》くのは、炎のように揺らめく、エメラルド色の髪。

毛の先端《せんたん》は実体がないのか、風景《ふうけい》が透《す》けて見える。

どう見ても、この世の存在じゃない。

暴力的な美貌に圧倒《あっとう》されながら、僕は不思議《ふしぎ》な懐《なつ》かしさを覚えていた。

もちろん、これまでの人生で、こんな綺麗《きれい》な女の子に会ったことはない。なのに——

そう、まるで夢の中で会ったような……そんな感覚。

「ようこそ、と言うべきかしら？」

控《ひか》えめな胸に手を当てて、気取った口調《くちょう》で僕に言う。

「我こそはアッパーグラスの導き手、アイ・ド・ラ」

……アッパーグラス？　何だ、それは？

僕が理解できずにいると、彼女はあからさまに侮蔑《ぶべつ》の色を見せた。

「理解力に乏《とぼ》しい、ブタみたいな人間ね——間違ったわ、人間みたいなブタね」

「何も言い間違ってないからね⁉　むしろ悪化したからね⁉」

いつものノリで思わず突《つ》っ込《こ》んでしまう。

彼女は気にしたふうもなく、ちだね先輩とユーリを示して、意味ありげに笑った。

「この子たちが泣いている理由を教えてあげましょうか？」

「……教えてくれ」

「貴方《あなた》が繭《まゆ》と呼ぶ、あの子は死んだ」

「――――!?」

「おぼろげに覚えているでしょう？　貴方はあの子の死骸《しがい》を抱いたはず」

……覚えている。この手に、まだ感触が残っている。

急速に体温を失っていく、繭の重みが……。

「実験を中断していたら。薬の組成《そせい》を変えていたら。もう少し落ち着いて、正常な思考回路が働いていたら。彼女は死なずに済んだでしょうね」

意地悪く笑う彼女。腹立たしいと思ったけれど、文句《もんく》を言う気力もなかった。

「……そうか、繭は死んで」

ようやく理解する。繭が死んだのなら、当然――

「僕も、死んだのか」

彼女は否定しなかった。完璧《かんぺき》な造作《ぞうさく》の顔に、完璧な微笑《びしょう》を浮かべただけだった。

僕はやりきれない思いで、当てつけのように、強引に笑い返した。

「じゃあ、君は何なの？　死神？」

「そうかも知れないわね。このアイ・ド・ラを認識できるのは、貴方のように『死んだ人間』だけなのだから」

彼女の言うことは、やはりわからなかった。

わかっているのは、僕も繭も、もう生きてはいないということ。

向こうの机では、ちだね先輩がユーリを慰《なぐさ》めている。

本当は、先輩が一番つらいはずなのに……。

無力感で涙が出た。あんなに悲しんでいる二人を、僕は励《はげ》ますこともできない。

先輩……繭を助けられなくて……すみません……。

ユーリ……勝手にいなくなって、ごめん……。

死んでしまった今ならわかる。僕はリア充だったんだ。あんな美少女いっぱいの部活で、毎日へらへら笑ってられたんだから。

「こんな形で……失《な》くしちゃったのかよ……何もかも……！」

「そう、貴方も死んだ。とばっちりを食ってね。ぶざまね」

「ブザマって言うなよ⁉　人間が死んだんだぞ！」

「ぶざまでけっこうよ。人間なんて所詮《しょせん》、ブタみたいなものじゃない。それに、こんなのは全然、大したことじゃないわ。だって、取り返しがつくんだもの」

「――――！」

死神みたいな女の子は、僕の反応を楽しむように薄《うす》く笑った。

「すべてを取り戻せる、と言ったら？」

「取り戻せる――本当にっ⁉」

「き、汚《きたな》い顔を近づけないで！　堆肥《たいひ》の臭《にお》いが移るじゃない！」

「ブタ扱いしないでよ⁉　っていうか、ブタが堆肥まみれなわけじゃないよ⁉」

すがりつく僕を蹴《け》り飛《と》ばす彼女。そのまま、ブーツでぐりぐり踏《ふ》んでくる。堅い靴底が顔に食い込んですごく痛いです！　僕もう死んでるのに！

彼女は僕を踏みつけながら、福音《ふくいん》のような言葉を続けた。

「幸か不幸か、貴方はアッパーグラスに漂着《ひょうちゃく》したのよ。すなわち、貴方はネオ・オルガノンを得た。よくも悪くも、世界を改変《かいへん》し得《う》る者」

「世界を……改変……⁉」

ぐぐっと顔を持ち上げ、見上げる。女の子はあわてて下着を隠し、僕から離れた。

死神みたいな存在でもパンツを見られるのは恥ずかしいのか。

「詳《くわ》しく聞かせてよ。世界を改変するって、どういうこと？」

「ここは認識と想念《そうねん》が合《ごう》する地平〈アッパーグラス〉――人間どもが住まう世界よりも高次《こうじ》の領域《りょういき》よ。ここからなら、世界の〈歴史〉を俯瞰《ふかん》できるの」

「ええと、つまり、死後の世界……だよね？」

「ある意味では、そうとも言えるわ。でも、厳密《げんみつ》にはそうじゃない」

謎かけのような言葉。彼女の発言は、ちだね先輩とは別の意味でわかりにくい。

「この地平に入れるのはドライブアウター、つまり『押し出された』人間だけ。自然死した人間は入ることができない。だから、貴方が思うような〈死後の世界〉じゃないわ。

せいぜい、〈死後の世界の一歩手前〉かしら？」

「待って待って。押し出されたってどういう意味？　僕は死んだんだよね？」

「理解力の欠如《けつじょ》したブタね」

「ブタ扱いやめてよ⁉　それだけで何をわかれって言うのさ⁉」

「貴方は超次元《ちょうじげん》の存在——ざっくり言って〈四次元人〉になったのよ」

……アレ？　全然違う方向にボールがきたぞ？

「宗教の話をしてたはずなのに、急にSFになったような気が……？」

「嚙《か》み砕《くだ》いて言ってあげたのに、ブタはひとさまの厚意《こうい》を無下《むげ》にするのね」

「まだ無下にしてないからね⁉　四次元人って何だよ⁉」

「言葉通り、次元がひとつ上がった人間よ。だから、もともとの人間——三次元人たちには知覚できない。二次元の存在が三次元を認識できないようにね」

僕はとっさに、ちだね先輩とユーリを振り向いた。

確かに……僕には二人が見えるのに、二人には僕たちが見えてない。

僕は脳内ハードディスクを検索《けんさく》し、聞きかじった数学談義《だんぎ》を思い出す。

一次元は〈線〉の上の移動。長さだけの広がり。

二次元は〈平面〉の移動。長さに幅《はば》を加えた世界。

そして三次元は〈立体〉の移動で、二次元に奥行きを加え——

「〈四次元人〉ってことは、ひょっとして僕は今、〈時間軸〉を移動できる……？」

「あら、ブタにもゾウリムシくらいの知性はあったようね」

「ブタって結構賢《かしこ》いからね⁉」微生物《びせいぶつ》よりはるかに利口だからね⁉」

「そう、貴方は四次元の空間移動ができるわ。こんなふうにね」

そう言うなり、女の子は僕の耳を引っ張った。

「ちょっ、痛いって！　何するんだ――」

言い終わる前に、僕の世界はまたも壊《こわ》れた。

先ほど感じた水流が再び襲《おそ》ってくる。猛烈《もうれつ》な耳鳴りと加重。ぎゅんぎゅん風景が流れ、遠のき、僕は思わず目を閉じる。そして――

気がつくと、世界は落ち着きを取り戻していた。

僕が立っていたのは、やはり実習室。でも、さっきまでとは決定的に違う点がある。

夕方じゃない。窓の外は真っ暗で、天井《てんじょう》の蛍光灯《けいこうとう》がついている。

ユーリと先輩の姿はなく、その代わり、横たわる繭と突《つ》っ伏《ぷ》した僕の姿があった。

「これ……僕と繭が死んだとき⁉」

「そう、貴方がぶざまに絶命《ぜつめい》した時刻よ。貴方の時間で二〇時間ほど前ね」

「……すごい！」

本当にすごい！　この女の子は時間を巻き戻すことができるんだ！

この力があれば、取り戻せるかもしれない。僕たちの日常を！

僕は興奮《こうふん》を隠せず、矢継《やつ》ぎ早《ばや》に質問した。

「君は過去に戻れるんだね？　過去を変えることはできるの？　時間はどこまで戻せるのかな？　デメリットは？　大昔や、遠い未来にも行ける――」

突然《とつぜん》、女の子の髪が激しく揺らめき、瞳《ひとみ》の奥に火花のようなものが散った。途端に、猛烈な閃光《せんこう》と強烈な風圧が飛んできて、僕は吹っ飛ばされた。

宇宙空間にいるみたいに、くるくると回転してしまう。

たぶん、彼女が僕を攻撃したんだ。理屈《りくつ》は全然わからないけど。

「ブヒブヒうるさいブタね。ブタ並みの知能しか持たないフンコロガシでもわかるように、順序立てて教えてあげるわよ」

「ついにブタ以下の扱いになった……!?」

「まず、変えるのは過去じゃない。現在と未来よ。なぜなら、過去において過去は現在にすぎないから。この理屈はわかるわね？」

「……わかるような、わからないような」

「ブタには高尚すぎたかしら。まあ、理解できなくていいわ」

「いいの!?　僕は罵倒《ばとう》されただけ!?」

「次に、紀元前や二三世紀に行くことはできない。――たぶんね」

「それは、どうして？」

「生前、貴方は三次元人だった。三次元の移動は簡単だったかしら？」

「――――」

「地球の反対側や成層圏《せいそうけん》の高さまで移動するのは骨だったでしょう？　それと同じこと。遠い時代に行くのは難しいし、何より意味がないわ。古代史を書き換えることが貴方の人生に意味のあること？」

……ない。それに、タイムパラドクスの危険もあるんじゃないか。歴史の歯車《はぐるま》がひとつ狂《くる》えば、僕はこの世に生まれない。

「未来の方はもっと意味がないわ。貴方が見るのは『自分が死んだ後の世界』よ。そんなものを見て何が面白いの？」

吐き捨てるように言う。紫水晶《むらさきすいしょう》みたいな瞳に嫌悪感《けんおかん》がにじんでいた。

「……それに、貴方は今から世界を変える。その結果、未来も変わる。変わる前の未来を眺《なが》めたところで、それは観光にすぎない。そんな遊興《ゆうきょう》にかまけてるうちに、貴方の時間はどんどん消費《しょうひ》されていくのよ」

時間が消費される――ぞっとするような言葉だ。彼女の言葉はどれも理解不能だけど、この表現だけは意図が理解できた。

つまり、今こうしているあいだも、生きている頃と同じように、僕はどんどん〈死〉

に近付いているってことじゃないか？

青ざめた僕を見て、女の子は愉快《ゆかい》そうに微笑《ほほえ》んだ。

「あら、ブタのくせに察《さっ》しがいいのね。そう、貴方の時間は今も貴方の中で流れている。この世界で一日過ごせば一日後、百年過ごせば百年後の世界に貴方は帰る」

「待ってくれ！　ってことは、やっぱり帰れるんだね、僕は？」

「言ったはずよ。貴方は『すべてを取り戻せる』と」

垂《た》れ込《こ》めていた暗雲《あんうん》を切り裂いて、まばゆい光が差し込んだ気分だった。歓喜《かんき》が全身を満たしている。希望があふれ、全身が熱くなる。

一方で、そんな自分を戒《いまし》める声も聞こえた。

本当に、そんなことができるのか。そんな上手《うま》い話があるのか。

そもそも――これは現実なのか。

わけのわからない幻覚《げんかく》を見せられて、正体不明の女の子にそそのかされているだけかもしれない。……いや、たとえこれが悪魔の誘惑《ゆうわく》でも、僕は繭を助けたい。僕の日常を取り戻したい。そして、みんなで、また笑って暮らしたい！

だから僕は、この希望にすがりつく。

「教えて欲しい。僕はどうすればいい？」

「簡単なことよ。ネオ・オルガノンを得た者は、任意《にんい》の人間をドライブアウト――背中、を押して、その人間の〈選択〉を変えることができる」

「全然、簡単じゃないんだけど……。ネオ・オルガノンってのは何？　背中を押すって言っても、触《さわ》りようがないじゃないか。それに、〈選択〉って――」

言っているうちに、僕の頭の中で、カチッと回路がつながった。

「さっき、君は言ったね？　実験を中断していたら、薬の組成を変えていたら、冷静《れいせい》な思考が働いていたら、繭は死なずに済んだって。つまり、繭がそういう〈正しい選択肢《せんたくし》〉を選ぶよう、僕がアシストしてやれば……!?」

「あら、ブヒブヒ言うだけじゃないのね、最近のブタは」

「何で素直に誉《ほ》めてくれないの!?　でも、ありがとう！」

僕は彼女――もうアイでいいや――の手を両手で包んだ。

「君に出会えてよかったよ！　君がいなかったら、僕はどうしていいかわからなかった。でも今は、やるべきことが見えている！」

ぴきっと音がして、アイのこめかみに青筋《あおすじ》が立った。

絶対的に美しいアイは、血管までもが美しかった。陶器《とうき》のような肌にうっすら透《す》けた、サファイアみたいな青筋に見惚《みと》れた瞬間、閃光が僕を吹き飛ばした。

全身をバラバラにされたような衝撃《しょうげき》。天地が回転して、気持ちが悪くなる。

アイは汚物《おぶつ》を振り払うように、ぶんぶんと手を振った。

「どさくさにまぎれて触らないで！　変態《へんたい》ブタ！　ブヒブヒ暑苦しいのよ！」

「ブヒブヒなんて言ってないよね⁉　お礼を言ったんだよね⁉」

「三メートル以内に近寄らないで！　鳥肌が立つわ！　おぞましいわ！」

「そこまで⁉　じゃあ何で僕の前に現れたんだよ！」

アイはむすっとして、そっぽを向いた。相当、頭にきているらしい。

また衝撃波を食らうのは御免《ごめん》だし、彼女の機嫌《きげん》を損《そこ》ねて、助言がもらえなくなったら困る。ここは下手《したて》に出るべきだと判断して、僕は頭を下げた。

「許しもなく触ったのは、ごめん。その……僕ごときブタ野郎がアイさまに触れるなど、大変恐れ多いことでございました」

「……よくそこまでへりくだれるわね」

アイはあきれた様子でため息をついた。あきれ過ぎて、怒りはどこかへ行ってしまったようだ。とりあえず、僕の作戦勝ちと言っていい。気難《きむずか》しい女の子のご機嫌を取る——子ども時代に培《つちか》われた、僕の数少ない特技のひとつだ。

アイの機嫌が直ったので、僕はできるだけ爽《さわ》やかに笑って、宣言した。

「僕は繭を助けるよ。ついでに僕自身も」

アイは意地悪っぽく笑って、試すような流し目をくれた。

「……そう上手くいくかしら。まあ、まずはお手並み拝見《はいけん》と行こうじゃない」

そうして、僕の非日常は幕を開けた。

日常を取り戻すための、非日常が。

2

「知《ち》と力は一つに合《ごう》する――その真理《しんり》がこれほど力を持つ地平もないわ」

厳《おごそ》かな調子でアイが言う。

その格調《かくちょう》高い言葉は、残念ながら、僕の貧弱《ひんじゃく》な脳みそに浸透《しんとう》しなかった。

「つまり、どういう意味？」

「このアッパーグラスでは『知こそ力』よ。仕組みを知っている者が強者なの。仕組みを知らなければ、貴方は限りなく無に近いブタということね」

「無に近い『存在』とかでいいよね!? 敢《あ》えてブタにする必要ないよね!?」

「貴方がブヒブヒ言うしか能のないブタでも、〈新機関《ネオ・オルガノン》〉を知ったからには、運命を変える力があるということよ」

「その単語、さっきも出てきたね。ネオ・オルガノンってのは何なの？」

「このアッパーグラスを支配する、唯一《ゆいいつ》絶対の物理法則よ」

物理法則。重力とか、光の性質とか、そういうのと同じ？

……そうか。過去に戻るのも、世界を改変するのも、ファンタジーじゃない。サイエンスなんだ。このアッパーグラスでは。

アイは実習室の中を歩き出した。モデルよりもずっと静かな、優雅《ゆうが》な足取り。僕と繭の死体を通り抜け、かかとを鳴らして振り返る。

「貴方はまず、ある人間に注目《フォーカス》して、その人間の時間を〈遡行《アンドゥ》〉できる」

「とある人間に注目？　単純に時間を戻すんじゃないの？」

「ブタに毛が生えた莫迦《ばか》って、こういうのかしら」

「ブタだって、うっすら生えてるからね!?」

アイは細い肩をすくめ、透明なため息をついた。

「時間は誰にでも平等に流れているわけじゃない――〈世界時間〉なんてものは存在しない。相対的《そうたいてき》なものでしかない」

「ああ……アインシュタインの相対性理論……だっけ？」

「そして、アッパーグラスは〈認識〉と〈想念〉の積層《せきそう》よ。言ってみれば、人間の精神の集合体ね。だから、特定の人間を軸《じく》にした方が扱いやすいの」

……よくわからないけど、特定の人物に注目した方がいいってのは、何となくわかる。過去の世界で繭を探し回る手間が省《はぶ》けそうだし。

「それで、具体的《ぐたいてき》にはどうするの？」

「さっき、やってみせたでしょう。想って、感じるのよ」

「……それだけ？」

「そうよ」

何とも投げっぱなしだ。訊《き》きたいことは色々あるけど、それ以上に、一刻《いっこく》も早く実践《じっせん》したかった。すぐにでも繭を生き返らせて、ちだね先輩を救いたい。

言われた通り、僕は繭の姿をイメージした。

昨夜の繭を思い浮かべる。水着姿の繭。一人で実習室に残った繭。死ぬ直前の繭——

ぐっ、と手ごたえのようなものを感じた。

つかんだ感覚を見失う前に、思い切ってジャンプする。

水面に飛び込んだような感覚があり、目を開けると、先ほどと同じ実習室だった。

先ほどと何も変わっていないように見えて、明らかに違う。

だって、繭が生きている！

繭は教卓にビンを並べて、何やら怪《あや》しい実験を始めようとしていた。

動いている繭を見て、涙が出そうになった。

「愚図《ぐず》なブタね。ぼやぼやしてないで、『押して』みたら？」

背後から、アイの冷たい声がかかる。どうやら、僕についてきてくれたらしい。高みの見物を決め込むつもりっぽいけど、やっぱり心強い。

「押すってのは、どうやるの？」

「その子の耳元でささやくのよ。ちゃんと気持ちがこもっていれば、彼女の心に『思考として再生』されるわ」

なるほど。そして、繭が僕のささやき通りに行動して、あの事故が起きなければ、繭の死は『なかったこと』になるんだな。

僕は繭の方に踏み出そうとして——足を止めた。

「……あのさ。そうやって僕が過去のできごとを変えたら、もともとの世界はどうなるのかな。パラレルワールドに分岐《ぶんき》する……とか？」

僕の世界だけ幸せになっても、不幸な世界が不幸なままでは救われない。泣いているちだね先輩を放置するのと同じことだ。

「……実際問題、それを確認する方法はないわ」

意外にも、アイは『わからない』という顔をした。

何もかも知っているような口ぶりだったのに、知らないこともあるらしい。

「平行世界全体の俯瞰《ふかん》は、さらに高次元の存在でなければできないでしょう」

「……五次元とか？」

「超弦理論《ちょうげんりろん》を採用するなら一一次とか一二次元かしらね。いずれにせよ、貴方が干渉《かんしょう》できるのは貴方の世界だけ。でも、それは貴方が帰る世界よ。貴方の世界を変えることは、貴方にとって意味のないことかしら？」

　答えられなかった。

　この僕が帰ることができ、この僕が住むべき世界なら。

　僕にとっての繭を救うこと、僕にとってのちだね先輩を悲しませないことは、決して無意味じゃない。僕がやりたいのは、つまりそれなんだ。

　僕は覚悟《かくご》を決め、繭の方に歩き出した。

　教卓の横を通過したとき、塩酸《えんさん》のビンを発見した。でも、そんなのは序《じょ》の口《くち》だ。繭が手にしている無色の液体は、ラベルによると『NaCN』――

　シアン化ナトリウム！　いわゆる、青酸《せいさん》ソーダじゃないか！

　少量持ち出しただけでも大問題になる。入手経路《けいろ》はどうなって……いや、この実習室は大学並みの設備《せつび》を持つ。となりの準備室には、それはもうすごい保管庫があるんだった。そこから勝手に持ち出したのか……。

　青酸ソーダと塩酸が反応すれば、発生するのは当然アレだ。

　古いミステリー小説でおなじみの、シアン化水素《かすいそ》――青酸ガス！

　どっと冷や汗が出た。膝《ひざ》が萎《な》え、胃が痙攣《けいれん》し、心臓《しんぞう》が暴れ回った。

　何やってんだよ、繭！　わかってるはずだろ！　それは本物の猛毒《もうどく》だ！

　脳内ＣＰＵをフル回転させて、繭を救う手段を考える。

アイの言葉通りなら、繭の死をさける方法はいくつかある。

落ち着け。大丈夫。そのうちのどれかを成功させればいいんだ。

「……そうだ、窓！　窓を開ければ！」

たとえガスが発生しても、繭に吸わせなければ問題ない。

「おい、繭！　実験の前に、窓を開け――」

「あ、そうそう、言い忘れてたけど」

タイミングをはかったように、アイの声が割り込んできた。

「過去に働きかけ、貴方が『死なない』ように世界を改変したら、貴方はただちに生き返り、ネオ・オルガノンを失うわよ？」

「……どういう意味？」

「貴方だけが生き返らないように、せいぜい気をつけなさい」

愉悦《ゆえつ》の笑み。アイは嗜虐的《しぎゃくてき》に僕を見下ろし、くすっと笑った。

一方の僕は、立ち尽くしたまま言葉を失っていた。

僕だけが生き返ってしまったら、僕はアッパーグラスを追い出されてしまう。

繭を助ける手段を、失う。

そんな大事なこと、このタイミングで言うかよ……。

でも、迷っていても仕方がない。やるしかないんだ、もう。

「窓を開けるんだ、繭！　開けてくれ！」
繭の耳元で叫《さけ》ぶ。思いっきり。
言霊《ことだま》というのが本当に存在するなら、どうか今この声に宿ってくれ。
僕の想いが届いたのか、繭はゆっくり顔を上げた。
『ん……換気《かんき》した方がいいかも。ちだねにまた叱《しか》られる』
通じた！　僕は嬉しくなって、さらに叫んだ。
「急げ！　急いで窓を開けるんだ、繭！」
繭はシアン化ナトリウムのビンを持ったまま、頼りない足取りで窓際《まどぎわ》に向かう。
実習室の窓は上方に展開するタイプで、そこそこ重く、ロックしないと閉じてしまう。
体力のない繭には難儀《なんぎ》なつくりだが、それでも繭は窓を開けた。
その途端《とたん》、冷たい外気が吹き込んで、繭の白衣《はくい》がまくれ上がった。
ついでに、その下のスカートも。
水遊びなんかしたからなのか。それとも普段からそうなのか。
普通の少女なら当然身につけているべきものを、繭は身につけていなかった。
じっくり確認している暇はない。僕の網膜《もうまく》を閃光が焼き、謎の衝撃波が襲ってくる。
僕は実習室の端《はし》まで弾《はじ》き飛《と》ばされ、ぐるんぐるん回った。
「何を凝視《ぎようし》してるのよ、変態！　変態ブタ変態ブタ変態——変ブタ！」

変態とブタ以外の単語を忘れたんじゃないかっていうくらい、ブタ変態ブタ変態ブタと連呼《れんこ》するアイ。まさしく変態を見る目で僕をにらみ、猛《たけ》り狂《くる》っている。

抗議《こうぎ》しようと口を開いたとき、がしゃーんっ、という音が響《ひび》いた。

窓からの突風《とっぷう》に煽《あお》られて、教卓《きょうたく》の塩酸が落下したらしい。

藺があわてて窓から手を放す。シアン化ナトリウムのビンがすっぽ抜け――

あっ、と思う間もなかった。

窓は閉まり、ビンは放物線《ほうぶつせん》を描《えが》き、落ちて砕《くだ》け、二種類の液体が混ざり合った。

やがて藺がぱたりと倒れ、スカートがめくれて、肌色があらわになる。

「藺？　何か今、ガラスが割れるような音――」

空気も読まずに扉を開けて、僕が室内に入ってきた。

三次元の僕は驚いて藺に駆け寄り、強烈なアーモンド臭をかぎ、藺のお尻《しり》に目がくらみ、そしてそのまま、毒を吸い込んで昇天《しょうてん》した。

3

僕もアイも、しばらく無言だった。

僕の背中には、まだ戦慄《せんりつ》の残滓《ざんし》が残っている。

藹を死なせてしまった上に、あやうく僕だけ助かるところだった。

（落ち着け……落ち着くんだ……！）

僕は失敗した。誤った。藹を死なせた。でも、これで終わりじゃない。

幸い、僕自身を殺すことができた。僕はまだ四次元人。まだチャンスはある。

そうだよね、と確かめたくて、アイを振り向く。

アイは自分自身を抱きしめるようにして、僕から距離を取っていた。

「……あきれた変態ブタね。むしろブタ変態ね」

「それ何が違うの⁉」

「貴方、その子のお尻を見たいがために、窓を開けさせたんでしょう」

「事故だろ⁉　こんな結果、予測できるわけないじゃないか！」

「いつまで凝視してるのよブタ！」

叫んだ瞬間、またも閃光と衝撃が襲ってくる。

「ちょ、やめろよ！　ああもう、遡行遡行！　遡行開始！」

逃《に》げ惑《まど》いながら意識を集中し、僕は再び藹の時間を巻き戻した。

ぐにゃりと空間がゆがみ、急流となって僕を引っ張る。

そして、気がつけばまた、あの時刻、あの場所に立っている。

いや、前回より少し前だ。藹はまだ実験を始めてない。珍《めずら》しく鼻歌なんか歌いながら、薬品のビンを準備室から運んでくる。

「やめるんだ！　おい繭！　やめろってば、そんな危ない実験！」

僕は繭にまとわりついて、耳元で叫んだ。想いを込めて訴える。

でも、繭の手は止まらない。繭は手慣れた様子で、てきぱきと準備を整えていく。

「何だよこれ！　全然だめじゃないか！」

アイに不満をぶちまける。アイは空中に座ったまま、涼しい顔で応《こた》えた。

「そうね。つまり、これは〈適切《パン・ド・ラ》〉なのよ」

「――パンドラ？　何それ？　どういう意味？」

「適切、つまり『世界の理に適《かな》っている』という意味よ。そうね、お尻を見たがる卑猥《ひわい》なブタでもわかるように言うと――」

「卑猥さと理解力は関係がないからね⁉　っていうか、卑猥じゃないからね⁉」

「そこでそうしているその子にとって、その行動は必然なのよ。躊躇《ちゅうちょ》も選択の余地もなく、確定された行動なの」

「……まだるっこしいな。つまり、変えられないってこと？」

「変態でもわかるように言うなら、そうね」

「変態をバカって決めつけるなよ⁉　っていうか、僕を変態と決めつけるなよ⁉」

「アッパーグラスが誘導できるのは、あくまで『あり得た』世界だけ。あり得ないことは起こらないし、そんな未来は訪れないわ」

なるほど……。無制限《むせいげん》に何でもできるってわけじゃないのか……。

改めて藹を振り向くと、藹はうきうきわくわくしている。何か試してみたいことでも思いついたのか、シアン化合物《かごうぶつ》をいじりたくてたまらない様子だ。

藹は基本、我慢《がまん》なんかしない。そして今、ここにはちだね先輩も、口やかましい僕もいない。藹が実験を中断する要素は、どこにもなかった。

早くも行き詰まり、苦悩する僕を見て、アイは嬉《うれ》しそうに笑った。

「ふふ……さあ困ったブタわね？　どうするブタ？　やめてもいいブタよ？」

「何その語尾《ごび》！　そのキャラ、ハッキリむかつくからね⁉」

藹にやめろと訴えても、実験をやめさせることはできない。だったら――

「藹！　ちだね先輩にメールを出すんだ！」

ぴたり、と藹の手が止まった。

「さっきのプールのこととか、チョコのこととかさ！　先輩と話したいこと、いっぱいあるだろう？　実験で手がふさがる前に、一通だけでも送るんだ！」

藹はじっと考え込んでいる。僕の言葉は届いたのか？

じりじりしながら待つこと数秒、藹はビンを教卓に置くと、制服のポケットから携帯《けいたい》を取り出し、両手の親指でポチポチとキーを押し始めた。

僕は思わずガッツポーズ。やった！　これで――

期待通り、ほんの十数秒で着メロが鳴った。

「そら、ちだね先輩のメールがきた！」

ちだね先輩は藺至上主義《しじょうしゅぎ》。藺からメールがあれば、いつだって即座《そくざ》に返信する。

そのメールに、藺もまた即座に返信した。

そして始まるメールの応酬《おうしゅう》。アイは呆然とした顔で僕と藺とを見比べた。

「何よ、どういうこと？」

「藺は口下手《くちべた》だから、メールが好きなんだ。実験中でもやるくらい。昨日《きのう》だって、それでボヤ騒ぎを起こしたし」

メールのやりとりは数分以上も続く。そうして時間を稼《かせ》いでいるうちに、狙《ねら》った通りに扉が開き、僕が忘れ物の携帯を取りにきた。時間稼ぎ成功だ！

『うわっ、藺⁉　また変な実験してるの⁉』

三次元の僕は当然、怪しげな実験をやめさせようとする。

『げっ、これシアン化ナトリウム⁉　いじっちゃ駄目だろこんなもの！』

押し問答が始まって、とりあえず、実験は中断された。

アイは感心したように、「ふうん……」と息をついた。

「型破りなブタね。ちょっと見直したわ」

「誉め言葉と受け取っておくよ。あ、惚《ほ》れるなよ？」

「何て可哀相《かわいそう》なブタなの……。残念な方向にも型破りだなんて……」

「そこまで哀《あわ》れまないでよ⁉　軽い冗談《じょうだん》も言えないの僕⁉」

『リンネ、返して！』

そんな怒声《どせい》が割り込んできて、僕とアイは同時に振り返った。

実験をやめない繭に業《ごう》を煮《に》やし、三次元の僕は実力行使に出たらしい。シアン化ナトリウムのビンを繭から奪《うば》ったようだ。

繭の抵抗は思いのほか激しい。どうしてもそれが必要なのか。

繭は思い切り床《ゆか》を蹴《け》って、僕に飛びついてきた。

手加減のないダイブ。支えきれず、僕たちはもつれるように転倒《てんとう》した。

幸い、ビンはまだ僕の手にあった。落としていない。僕、グッジョブ！

ただし――別の意味でひどい状況だった。

繭は僕を押し倒し、馬乗りになっていた。繭がまたがっているのは僕の腰だ。しかも、その……はいてないわけだ。

何このラブコメ展開！

見ている僕さえ発狂寸前《はっきょうすんぜん》なんだから、のられた方の僕は今まさに驚天動地《きょうてんどうち》だろう。

至近距離で見る繭は本当に綺麗だし、まだ湿《しめ》っている髪からは甘い匂《にお》いが漂《ただよ》ってくるし、彼女の体重と体温をダイレクトに感じているわけだし。

藺の漆黒《しっこく》の瞳、何を考えているのかわからない二つの眼が、じっと僕を見ている。

次の瞬間、藺はひょいっと体を倒し、三次元の僕にキスをした。

「本当に何を考えているのかわからない！」

四次元の僕は衝撃を受け、頭を抱えて叫んだ。

キスされた感覚が、こっちの僕にまで伝わってきて、頭の中が沸騰《ふっとう》する。

『何を……やってるわけ……っ？』

怒気《どき》をはらんだ静かな声が、三次元と四次元、二人の僕をぎくっとさせた。

実習室の入口に、一子相伝の暗殺拳《あんさつけん》を極めた人みたいな、巨大なオーラを身にまとうユーリがいた。何だか知らないけど、めちゃくちゃ怒ってる！

『何よ何よっ。あんたたち、そういう仲だったのねっ⁉』

『違う！　これは事故！　ラブコメな事故！』

『そんな言い訳、形骸《けいがい》なのよ！　敢えて言うけど、はっきりキモイ！』

『違うって！　僕と藺は別に、そういう仲じゃないんだ！』

『何よ……っ、あたしだってチョコあげたのに……うわーんっ！』

ユーリは泣きながら、教卓の上のビンをつかんだ。

まずい、と思ったけれど、どんな対応も間に合わない。

『こんなものーっ』

ユーリは手当たり次第《しだい》にビンを投げる。

どの薬品が反応したものか、白い煙が立ちのぼり、異臭《いしゅう》が立ち込めた。

薬品は僕たちの制服にもかかっていた。化学繊維《せんい》が真っ白に変色し、モロモロと崩れ落ちる。ユーリと繭が驚いて、あわてて制服を脱ぎ始めた。

頭が変に朦朧《もうろう》とする。それがこの僕のものではなく、三次元の僕の感覚だと気付いたときにはもう、僕も繭もユーリも、ぱったりと倒れ伏していた。

そしてそのまま、僕たちは二度と目覚めなかった。

4

もう立っていられず、僕はその場にうずくまった。

何をやってるんだ、僕は……。

繭を助けるどころか、ユーリを殺しちゃったじゃないか！

ごめん、ユーリ。僕は最低の兄貴《あにき》だ。君を……こんなふうに死なせて……。

トップレス状態のユーリと全裸《ぜんら》の繭を眺めて、アイは深いため息をついた。

「ほんっ…………とうの本当に変態的ブタ生命体なのね」

ちぅぅ〜

「そんなに溜《た》めて言うなよ⁉　どう見ても事故だろ！」

「女の子を二人も脱がせて……おまけに犠牲者《ぎせいしゃ》が増えてるじゃない」

その言葉は、僕の胸に深々と突《つ》き刺《さ》さった。

「何で僕たち……死んじゃったんだよ……？」

「さあね。割れたビンの中に、とんでもない毒物が入ってたんじゃない？」

青酸ソーダのビンは僕が持っている。塩酸と反応したわけじゃない。

「化学繊維を溶かしたやつ？　確かに危険そうだったけど……ああもうっ、ほっとくと青酸いじるし、普段から何を作ってるんだよ、繭のやつ……！」

「さあ、お次はどうするの？　もうあきらめる？」

「誰が！」

僕は立ち上がった。ユーリまで死なせてしまって、やめられるわけがない。

「あきらめが悪いのね。ところでブタ？　何度までなら、やり直せると思う？」

「――――！」

僕はたぶん、死人みたいな顔をしていたと思う。

アイの唇《くちびる》が綺麗な三日月を描く。

「いい顔ね。冗談よ。何度でもやり直せばいいわ。時間の許す限りね」

……僕の動悸《どうき》は治まらない。確かに今、僕の時間はどんどん消費されている。でも、本当にそれだけか？　何かほかにも、ひどいデメリットがあるのか？

問いただしたいと思ったけれど、アイは答える気がないようで、意地悪な笑みを浮かべただけだ。……まあいい。魂《たましい》を取られようが、寿命《じゅみょう》を削《けず》られようが、僕は全然かまわない。繭とユーリを助けるためなら、僕の命なんてくれてやる。

僕はみたび目を閉じて、時間を巻き戻した。

ぎゅんっ、という例の感覚のあと、今度は廊下に着地する。

実習室の前だ。ひと気のない廊下で、僕とちだね先輩が立ち話をしていた。

先輩の笑顔を見て、やっぱり涙が出そうになったけど、すんでのところで我慢する。

アイが僕に追いついてきて、綺麗な双眸を見開いた。

「あら、フォーカスする対象を変えたのね。どうするつもり？」

「繭を押してダメなら、僕を押してみる」

三次元の僕に近寄り、ささやこうとした瞬間、またしてもアイが言った。

「どうせ貴方を押すなら、いい方法があるわ。まっすぐ帰るよう貴方を押すのよ。そうすれば、貴方は生き残る」

「――君は何を言ってるんだ？」

「貴方、このちだねって子が好きなんでしょう？」

ピアニストのように繊細《せんさい》な指で先輩を示す。

「そして、ちだねはさっきの繭って子が好き。貴方が生き残って、繭が死ねば、貴方は労せずしてちだねを籠絡《ろうらく》——」

「ふざけるな！」

何で先輩のことを知ってるんだよ、なんて思うより先に、僕は叫んでいた。

「見損《みそこ》なうなよ、アイ！　君に言わせれば、僕は変態ブタかもしれないけど、そこまでのクズだと思うな！　繭を見殺しにして先輩を手に入れろだって⁉　そんな腐《くさ》った真似《まね》をするくらいなら、僕は——」

僕は急速に毒気《どくけ》を抜かれ、一気にトーンダウンした。

「ええと、あの……アイさん？　どうして涙ぐんでいらっしゃるのでしょうか？」

「ど、怒鳴《どな》らなくたっていいじゃない……っ」

両腕を胸の前に寄せ、びくびくしている。僕の剣幕《けんまく》に驚いたようだ。オーラみたいな髪の揺らめきが、心なしか弱々しくなっている。

僕は拍子《ひょうし》抜《ぬ》けして、怒りも忘れて笑いかけた。

「まあ、ほら、せっかくこんな、世界を変えるなんて便利な力があるんだ。もっと幸福な結末を求めたって、いいだろ？」

「……ふん、好きにすればいいわ！」

「そうするよ。今度こそ繭を助ける！」

決意も新たに、僕は三次元の僕に近付いた。

『じゃあ、リンネくん。そろそろ帰りましょうか』

ちょうど、先輩がその台詞を言ったところだった。

三次元の僕はうなずきかけ、途中で実習室を振り返る。

『はい――あ、繭は？』

『今日は残って、実験したいみたい』

『もう下校時刻ですよ？』

『おばあさまの許可は取ってあるから大丈夫。警備会社にも連絡が行ってるし、宿直《しゆくちよく》の先生にも伝えてあるわ』

――ここだ。

「拒否しろ、僕！」

四次元の僕は、声を限りにそう叫んだ。

「今日はみんなで帰るんだ！　僕は絶対、そうしたかったはずだ！」

三次元の僕に、ハッキリ変化が現れた。立ち止まり、うつむいている。

『先輩、僕は……』

「そうだ！　繭も一緒《いつしよ》に帰るんだ！　それが青春だ！　ビバ青春！」

『やっぱり、みんなで帰りませんか？』

三次元の僕は、照れくさそうに自分のカバンを持ち上げた。

『みんながそろってチョコをくれた今日という記念すべき日に——その方が青春っぽくないですか？』

『青春——そうね！　それはとてもいい思い出になりそうね！　今日くらいは、繭にも部の結束《けっそく》を優先してもらいましょう！』

先輩は瞳に情熱《じょうねつ》の炎を燃やし、扉に向かってダッシュした。

数分後、不満そうな繭を引きずって戻ってくる。ロケット点火状態の先輩が相手では、繭の探究心《たんきゅうしん》も敵《かな》わない。

『はい、リンネくん。電話を忘れてたよ。うっかりさんね！』

『先輩が取り上げたんですからね⁉　強引に奪ったんですからね⁉』

『ちょっと！　いつまで待たせるのよバカリンネ！』

ぷんぷん怒っているユーリと合流。この結末なら、ユーリも死なずに済む！

誰一人欠けることなく、四人で昇降口《しょうこうぐち》へ向かう。

雪がちらちら舞う道を、おしゃべりしながら、僕たちは楽しく下校した。

5

自分たちの後ろ姿を見送って、四次元の僕は脱力した。

やった……。繭も、ユーリも、僕も死んでない。これで、ちだね先輩が悲しむこともない。僕はまた、あの幸せな日常に帰ることができる――

と、そこで違和感《いわかん》に気付いた。

「……ねえ、アイ？」

アイは小鼻にしわを寄せ、びっくりするくらい綺麗な『むかつき顔』になった。

「さっきから何なの、その呼び方。私の名はアイ・ド・ラよ。……ああ、ごめんなさい。ブタに名前を覚えろと言っても酷《こく》な話ね」

「覚えてるよ！　愛称《あいしょう》だよ！」

「あ、あいしょ――？」

アイはまばたきした。長いまつ毛がふわふわ揺れて、たまらなくチャーミングだ。

アイは紫の瞳を右にやり、左にやり、ぐずぐずとためらってから、

「そ……そっちが愛称で呼ぶなら、こっちが愛称で呼んでもいいわよね？」

「いいよ。僕、あだなはリンネって――」

「それでブタ？　ブタは何を言いかけたの？」

「それ愛称じゃないよね⁉　何だよ今の無駄《むだ》なツンデレ！」

ぐしゃぐしゃと頭をかきむしる僕。でも、今はそれどころじゃない。

「さっき君、言ってたろ。僕が死なずに済むような展開になったら、僕は生き返る」

「ええ、言ったわ。そして〈上書きされた世界《テイク２》〉が現実になるのよ」

「今、僕も繭も死ななかったよね？　それなのに、どうして僕はこのままなの？」

「繭とユーリは死ななかったみたいね」

――繭とユーリは？

アイはふところから銀の懐中時計《かいちゅうどけい》を取り出して、時間を確認した。

「でも、貴方は〈現在〉までに――この下校から二二時間以内に、死ぬのよ」

「死ぬ⁉　どうして⁉」

「さあね？　自分で確かめてみればいいじゃない」

僕は目を閉じ、自分自身を思い浮かべた。たちまち風景が変わり、下校中の僕たちに追いつく。そこから飛ばし飛ばしで、ちょっとずつ時間を進めてみた。

三次元の僕は、ちだね先輩、繭と駅で別れ、ユーリと二人で帰宅した。

家は静かだ。義父《とう》さんは京都《きょうと》に単身赴任《たんしんふにん》で、母さんはもう帰ってこない。僕とユーリは一緒にカレーを作り、食卓を囲み、それぞれの部屋に引っ込んだ。

お風呂のあと軽くネットをして、本日の業務《ぎょうむ》は終了。チョコのことを思い出しながら、僕は幸せな気分で眠りについた——ここまでは何の問題もない。

翌日の五時半、メールの着信音で起こされた。

目をこすりながら携帯を見ると、差出人は珍しく藺だった。

『リンネに渡したいものがある。今日、早く学校にきて。部室に。七時半』

藺がこんな早起きなわけはないから、たぶん、徹夜明けだ。ユーリを起こさないよう気をつかって、こっそり身支度《みじたく》を整え、いつもより一時間以上早く登校する。

化学実習室の鍵《かぎ》は開いていて、中にはもう藺がいた。

藺は疲れてるみたいだったけど、僕の顔を見た途端、漆黒の瞳がキラキラ光った。藺が僕の顔を見て、こんなに嬉しそうにしたのは初めてだ。

『リンネ！』

『おはよう、藺。何なの、渡したいものって？』

『うん。これ』

そっと両手で小箱を差し出す。昨日のチョコにそっくりの包みだ。

僕は受け取り、リボンを解いて、開けてみた。中身はやはりチョコだった。

『え、チョコ？　昨日もらったよね？　それも二回も』

一回目のは毒入りだったとかで、捨てられちゃったらしいけど。

藺は赤面《せきめん》して、もじもじしている。何だか、恋する乙女《おとめ》みたいな感じだけど……？

『あのね、わたし、たぶん……ううん、たぶんじゃ、ない』

藺の緊張が伝わってきて、こっちまで緊張《きんちょう》してしまう。

藺は顔を上げ、まっすぐに僕を見つめて、思い切ったように言った。

『絶対、リンネのことが、好き！』

普段の藺からは想像もつかないような、強い言葉だった。

『昨日わかったの。リンネが……ひょっとしたら、わたしにチョコをくれるんじゃないかって思ったとき、そうだったらいいなって、思ったから』

口下手の藺が必死に想《おも》いを伝えようとしている。それだけでも胸が熱くなるのに、藺は僕の手をぎゅっとつかみ、自分の胸に導いた。

ふにょんっ、という予想外の感触にテンパる僕。板だ板だと思っていたけど、藺の胸はやはり、女の子の胸だった。

『ここが、どきどきして、たまらなくなって……そうしたら、作りたくなって……』

『……っ、作る？』

『毒』

『毒かよ！　っていうか、ついに毒って認めたね!?』

ツッコミながら、三次元の僕は照れまくっていた。

無理もない。女の子から真剣な告白を受けて、舞い上がっている。

でも、四次元の僕にはもう、ときめきなんてなかった。

あるのはただ、戦慄だった。

まさか――

『リンネ、好き』

熱っぽく僕を見つめ、それから目を閉じ、唇を近づけてくる繭。

三次元の僕はいよいよテンパって――思わず目を閉じやがった。

何やってんだ僕！　ちだね先輩への想いはどうした！

そんなことを叫ぼうとしたけど、あいにく、繭の方が速かった。

僕が持ってる小箱から、繭はチョコレートをひとつ、つまみ上げて――

三次元の僕の口に、ひょいっと押し込んだ。

僕は目を白黒させて、ばつが悪そうに笑った。照れ隠しなのか、バリバリとチョコを咀嚼《そしゃく》する。刹那、猛烈な苦味を感じて、再び目を白黒させた。

思わず吐き出しそうになるのを、無益な男気でのみくだす。

繭は満足そうにうなずき、『ありがとう』と言った。

『リンネ。わたしは少し、普通の人とは違う』

『えほっ、えほっ……知ってるよ』

『自分でも、おかしいと思う。わたしは……ちょっと変』
『だいぶね』
『わたしにとって、この世には、二種類の人間がいるの』
『二種類？　あ……好きな人と、嫌いな人？』
『違う。全然、まったく、道端《みちばた》の石ころほどにも興味を持てない人と――』
藺はうっとりとして、満たされた声で言った。
『殺したい人』
『がっ……！』
三次元の僕は喉《のど》をかきむしって苦しみ出した。
四次元の僕だって平静ではいられない。どういう理屈なのか、苦しみが伝わってくる。
呼吸が乱れ、止まり、体内で爆弾《ばくだん》が破裂《はれつ》したような痛みが走る。
僕の食道はたちまちただれ――難しく言うと『糜爛《びらん》』して、僕の命を刈《か》り取《と》った。
やっと、僕が生き残れなかった理由がわかった。
僕は殺されたんだ。

藺という名の、殺人鬼の手で。

第四話

連鎖反応サプライズ

Q「サプライズパーティに対するリアクション」

一般的な男子高校生

「うわっ！
びっくりした！」

一般的な女子高校生

「きゃーっ！　な、何よ
もう……照れるじゃない
……っ」

大人びた女子高校生

「実に青春的ね！
青春らしい試みね！」

自称☆天才的脚本家

「演出にキレがない。
ベタ。ミエミエ」

犯　罪　者

「人がたくさんいて……
すごく驚きました。ついに
捜査の手が伸びたのかと」

1

がたんっ！
という大きな音で、僕は覚醒《かくせい》した。
音を立てたのは、ほかならぬ僕自身。体が大きく跳《は》ね、椅子《いす》と机《つくえ》を揺《ゆ》さぶったらしい。
居眠りをするとたまにやる、あの『びくっ』だ。
悪夢を見た直後のように、心臓《しんぞう》が激しい一六ビートを刻《きざ》んでいる。
正面には、目をまんまるにした、ちだね先輩《せんぱい》がいた。となりにはビビっているユーリ。
斜《なな》め向かいの席にはゴマフアザラシのぬいぐるみが置かれている。
部活中――？
僕は反射的に飛び上がり、勢い余って机を叩《たた》いた。
「今何時ですか⁉　今日は何日⁉」
ちだね先輩は大きな眼《め》をますます大きくして、
「何日って一五日だけど……ど、どうしたのリンネくんっ？」

「バレンタインの翌日……繭《まゆ》は⁉」

「ま、繭なら――」

「呼んだ？」

準備室に通じるドアから、ひょこっ、と繭が顔を出した。

いつものように無表情。興奮《こうふん》している様子もなく、人殺しを働きそうな様子もない。

僕は呆然《ぼうぜん》として、しばらく口がきけなかった。

ようやく驚きから立ち直ったのか、ユーリが僕の背中をばしばし叩いた。

「びっくりさせないでよ痴漢《ちかん》！　例によってエッチな妄想《もうそう》をしてたわけ⁉」

「してないよ⁉　常習犯《じょうしゅうはん》みたいに言うなよ⁉」

「リンネ」

とことこと繭が寄ってくる。昨日《きのう》の今日だけに、僕は身構《みがま》えてしまう。

「繭……何？」

「わたしでよければ、いくらでもえっちな妄想のおかずにしていい」

「おかずって言い方がやらしいよ！」

「リンネの頭の中でわたしは常に全裸《ぜんら》」

「繭まで常習犯扱い⁉　暗示《あんじ》かけないでよ⁉　やめて！　脳が侵食《しんしょく》される！」

「やっ――やらしい！　そんな痴漢プレイ、やらせはしないわよキモイ！」

「プレイって何⁉　ユーリこそどんなの妄想しちゃってるの⁉」

「あのね、リンネくん。妄想と現実の区別はちゃんとつけないと——」

「まだ何もしてませんからね⁉　犯罪歴なしですからね⁉」

十字砲火《じゆうじほうか》で飛んでくるボケを、機銃掃射《きじゆうそうしや》のツッコミで迎撃《げいげき》する。

わめき散らしながら、僕は内心ほっとしていた。

いつもの部活だ。何もかもが普段通りだ。

ちだね先輩も、ユーリも、そして繭も——みんな普段通り。

「はーい、それじゃ静粛《せいしゆく》に！　今日の活動を始めるわよ！」

先輩が嬉《うれ》しそうに宣言して、いつもと同じように〈も女会《じよかい》〉が始まる。

先輩の言葉を珍しく聞き流してしまいながら、僕は考え込んだ。

全部、夢……だったのか？

じっと自分の手を見る。間違いない。僕は生きている。

アイの言葉を借りるなら、三次元人だ。徹底的《てつていてき》に。疑いようもなく。

アッパーグラスで体験したことは、全部、僕の妄想？

——わからない。

繭に毒殺《どくさつ》された瞬間の、あの恐怖と苦痛は、まだ体に残っている。

でも、こうして日常の中にいると、それはひどく現実感がないように思えた。だって、四次元って何だよ。アッパーグラスって何だ。そもそも僕が繭に告白されるとか、ありえないじゃないか。自意識過剰《じいしきかじょう》もいいところだ。

夢だったんだ、全部。

そうに決まってる。繭が殺人鬼だなんて、そんな馬鹿な話はない。

僕は考えるのをやめて、いつものように、先輩の話にチャチャを入れ始めた。

悪夢のことは忘れて、僕の日常を満喫《まんきつ》する。

ただ、抜き忘れたトゲみたいに、胸がチクチクしていた。


午後七時で部活は終わり、僕たちは解散の運びとなった。

繭は実験がしたいらしく、部室に残ると言っていた。気になって薬品保管庫《やくひんほかんこ》を確認してみたけど、NaCNなんてラベルのビンは存在しなかった。

はは、そうだよな～。シアン化ナトリウムなんて高校生には危険すぎる。あんなのは、ミステリー小説の世界にしか存在しない。

ほっとして出て行こうとする僕の手を、くいっと繭がつかんだ。

繭はほんのり頬《ほお》を染め、すねたように唇《くちびる》をとがらせて、

「どうして今朝、きてくれなかったの？」

一瞬、僕の心臓《しんぞう》は鼓動《こどう》をやめた。

僕は緩慢《かんまん》に息を吸い、吐き、やっとのことで言った。

「……ごめん。寝過ごしたんだ」

「ひどい。リンネ、外道《げどう》」

むすー、とふてくされる。それから、ちょっとだけ口角《こうかく》を上げて、微笑《ほほえ》んだ。

「明日も、待ってる」

普段笑わない藺が見せた、激《げき》レアな微笑み。大喜びで脳内ハードディスクを活躍させたいところだったけど、僕の心は冷え切っていて、そんな気分にはなれない。

藺と別れ、廊下《ろうか》に出たところで、携帯《けいたい》のメールをチェックする。

確かに今朝《けさ》、藺から呼び出しのメールがきていた。

送信済みフォルダに、謝るメールが残っている。さっき出まかせで言った通り、今朝の僕は『寝過ごした』らしい。

ようやく、僕は悟《さと》った。自分がどんな世界にいるのかを。

バレンタインの夜、僕たちはみんなで下校して、藺は実験をしなかった。

藺は死なず、僕とユーリも巻《ま》き添《ぞ》えにならなかった。ここまでは、あのときと同じだ。

プラスして、今朝殺されるはずだった僕は、寝過ごしたがゆえに、まだ生きている。

藺は殺人鬼。アイは実在するし、僕が行ったアッパーグラスとやらも現実。

だったら、どうして僕は生き返った？　生き返ってしまった？

……そうか、あれだ！　あれが原因だ！

僕は唇を噛《か》みしめながら、少し前の記憶をたぐり寄せた——

2

生き返る直前まで、僕はアイと一緒《いっしょ》にいた。

そして、僕自身を見ていたんだ。繭に毒殺された、三次元の僕を。

朝の光の中、毒入りチョコを食わされた僕は、あっけなく事切《こときれ》れた。

少しの痙攣《けいれん》。そして、ぐいーっと突《つ》っ張《ぱ》る筋肉。

僕の死にざまを、繭は無言で見下ろしていた。

瞳《ひとみ》がキラキラと光っている。陶酔《とうすい》しているようだ。

……いや、それだけじゃない。繭は泣いている。

まばたきもせず、はらはらと。今まで見たどんな涙よりも、悲しそうな涙だ。

泣きながら、繭は笑っている。

満たされた顔で、飢《う》えている。

そうして五分も泣いていただろうか。繭は白衣《はくい》の袖《そで》で涙を拭《ふ》き、備品《びひん》のティッシュでハナをかんで、ようやく動き出した。

まずはチョコの包みをひとまとめにして、手早く片付ける。それから僕の足を両脇《りょうわき》に抱えて、ずるずると引きずり始めた。

行く先は準備室だ。一時的に死体を隠すつもりだろう、たぶん。

出て行く繭を見送って、四次元の僕はその場にくずおれた。

「繭は……殺人鬼……だったのか」

「ぶざまね」

ひとかけらの慈悲《じひ》も感じさせない声で、アイは冷たく言い捨てた。

「滑稽《こっけい》だわ。必死になって助けた相手に、毒を盛られるなんて」

……そうだ、ブザマだ。この上もなく滑稽だ。

「あの子は人殺しよ。それも、殺人嗜好《しこう》のサイコパスだわ」

僕はぼんやりアイを見上げた。アイの綺麗《きれい》な顔に浮かんでいたのは、嘲笑《ちょうしょう》でも侮蔑《ぶべつ》でもなかった。アイはただ静かに、少しだけ気の毒そうに、僕を見ていた。

「あ――」

ふと、アイの視線《しせん》が床《ゆか》の一点に留まる。

そこに、僕の懐中時計《かいちゅうどけい》が転がっていた。三次元の僕が死んだとき、内ポケットからこぼれ落ちたらしい。僕はやりきれなくなって、ささくれた心で皮肉《ひにく》を言った。

「証拠《しょうこ》を残してるよ、繭のやつ……。どうせなら、一緒に埋めて欲しいのにな……」

「……ブタのくせに、いい趣味《しゅみ》してるじゃない。貴方《あなた》のものなの？」

「母の形見《かたみ》なんだ。僕の形見になっちゃったけどね」

そう答えた瞬間、アイの機嫌《きげん》が悪くなった。

「親だの、友達だの、おめでたいわね。うんざりするわ！」

忌ま忌ましげに吐《は》き捨《す》てて、懐中時計を蹴飛《けと》ばすような仕草《しぐさ》をする。

「そんな脆《もろ》いつながりを信じているから、裏切《うらぎ》られて傷つくのよ。貴方みたいにね！」

アイは意地悪な目で僕を見た。そんな目をしても、彼女はやっぱり綺麗だった。

アイのお母さんはどんな人なんだろう。そもそも、親なんているんだろうか？

「まったく、救いようのないブタね。殺人鬼を助けちゃうなんて正気の沙汰《さた》じゃないわ。いっそあの子を殺したら？　自分が生き返った後で」

「……そんなことが、できると思うのか？」

「できるわよ。ほら」

アイが僕の耳をつかみ、時間を巻き戻す。

ざぶんっと水流に投げ込まれたような感覚とともに、風景《ふうけい》が変わる。

おぼろげに見えてくるのは、打ちっぱなしのコンクリートで囲まれた部屋。無機質《むきしつ》な印象《いんしょう》を少しでも緩和《かんわ》しようと、ベンジャミンの鉢植《はちう》えが置いてある。

見慣れた内装――そりゃそうだ。だって、これは僕の部屋だから。

ベッドに寝そべっているのは、三次元の僕。

四つの箱を並べて、へらへら笑っている。まあ、気持ちはわかる。こんなにたくさんもらったのは初めてだ。ひとつは野郎にもらったものだけど。

でも、僕は決して、百パーセントの満足を感じてるわけじゃなかった。

三次元の僕が、さみしげにため息をつく。

本当はもうひとつ、欲しかった。こんなにたくさんもらえるようになる前から、僕にはひとり、たっぷりの愛情を注いでくれる人が——母さんがいた。

そして、何よりも皮肉なことに、二月一四日は母さんの命日だ。

感傷《かんしょう》に浸《ひた》る僕の前で、アイは三次元の僕に近付き、唇を寄せた。

「アイ？　何する気？」

「簡単なことよ。ここでこうしてモテた錯覚《さっかく》に陥《おちい》って鼻の下をのばしている自意識過剰の哀《あわ》れな変態《へんたい》ブタは——」

「罵倒《ばとう》したいだけ⁉　何その長大《ちょうだい》な修飾語句《しゅうしょくごく》！」

「翌朝、早起きしたせいで繭に殺されるのよ。だから、行かせなければいい。夜更《よふ》かしするよう押せばいいわ。たとえば——」

「もういい！　黙《だま》ってくれ！」

「な……黙れですって？　何さまのつもり？　そんなことができるの、なんて訊《き》くから親切に教えてあげたのに！」

「違う！　それはそういう意味じゃない！　繭を殺して解決なんて、そんなことが許されるのかと言ったんだ！」

僕はアイを押しのけ、三次元の僕をにらみつけた。

考えろ。考えるんだ、花輪廻《はなわめぐる》。

今の僕にできることは何だ？

殺人鬼の繭や、ちだね先輩にしてあげられることは？

「――ふふ、そうか……そうだよ！」

「不気味なブタね。怒ったかと思えば、急にブヒブヒ笑い出して」

「そんな笑い方してないよね⁉」

アイは毛虫を見るような目をしたけど、僕はかまわず笑い続けた。

「簡単なことじゃないか……君が言ったことだよ、アイ！」

どんっと足を踏《ふ》み鳴《な》らし、両手を広げる。

「世界は改変《かいへん》できる！」

「――――」

「だから、僕はさせない！　繭に人殺しなんか、させない！」

ふっ、と小さく――本当に小さく、アイも笑った。

「それでこそ、少しは見所のあるブタというものよ」

「結局ブタじゃないか！」

いや、ブタでも何でもいい。ともかく、僕は繭を助ける！

僕は決意を胸に、意気込んで宣言した。

「僕は繭の過去を変える。歴史にさえ挑《いど》んで、世界を引っくり返してやる！」

その意気込みは、僕の想像以上に強い〈想《おも》い〉で――

僕の言葉には、言霊《ことだま》が宿ってしまったようだ。

その証拠に、三次元の僕が顔色を変えた。

『あ、歴史――世界史の課題《かだい》を忘れてた！』

飛び起きて、カバンの中身を机の上にぶちまける。

世界史の資料《しりょうしゅう》集を積み、ノートを広げながら壁《かべ》の時計をチェック。時刻は深夜零時《れいじ》を回っている。下手《へた》をすれば、睡眠時間が取れない。

僕とアイはそろってマヌケ面で、三次元の僕がすることを眺めていた。

次の瞬間、僕はアッパーグラスを放逐《ほうちく》された。

3

そして気がつくと、僕は三次元世界に戻っていたんだ。

三次元人として、いつものように、部活に顔を出していた。

アッパーグラスで僕が過ごした時間だけ——丸一日ほど時計の針が進み、部活の最中に復活したというわけ。

僕の不用意なひと言が、僕自身の運命を変え、生き返らせてしまった。

このとき感じた失望を僕は生涯忘《しょうがいわす》れないだろう。

自分の愚《おろ》かさに、ほとほとあきれる。いっそ殴《なぐ》り殺《ころ》したくなってくる。

救えたかもしれない繭を、救えなかった。

繭は相変わらず殺人鬼だ。過去も、現在も、未来でも——

僕はあわててかぶりを振った。いや、まだだ。まだ僕はあきらめない。

アッパーグラスの存在を知った今、少しだけど希望が持てる。もう一度向こうに行くことができれば、繭を救うチャンスはある。

だから、考える。今できることを、考える。

僕は廊下に飛び出し、誰《だれ》にともなく叫《さけ》んだ。

「アイ！」

必死に呼びかける。

「見てるんだろ、アイ！　聞こえてるんだろ！　応《こた》えてくれ！」

しん、と耳に痛いほどの静寂《せいじゃく》が、返事の代わりに返ってくる。

「……だめか！」

僕はたまらず壁を殴った。アイがもし僕の声を聞いていて、何か言ってくれたとしても、三次元の僕には認識できない。

「くそっ……どうすればいいんだ……!?」

いずれ世界が改変できるとしても、現時点での繭は殺人鬼だ。僕はその殺人鬼と同じ学園に通っている。当然、命の危険がある。

「まずは、身の安全を確保するべき……？」

そうだ。僕のためにも、繭自身のためにも、これ以上犠牲者《ぎせいしゃ》を出すわけにはいかない。

繭がサイコパスなら、適切な治療《ちりょう》を受けさせなくちゃ。

そのために必要なのは殺人の証拠だ。幸い——って言い方が適切かどうかは別として、繭はさんざん危険物をいじっている。警察に通報して、調べてもらえば……？

いや、駄目《だめ》だ。繭は僕なんかよりずっと頭がいい。別件から切り込んで見つかるような、明確な証拠を残しているだろうか？

そもそも、僕より先に殺された人って、いるのか？

繭が殺人嗜好のサイコパスというのは、あくまでもアイの意見にすぎない。

でも、もし事実なら？

繭は殺人を繰り返すだろう。だって、繭自身が言ってたじゃないか。

「繭にとって人間は二種類で、まったく興味が持てない人間と……」

殺したい人間！

繭にとって、殺意《さつい》は愛情と同じなんだ。だとしたら――

「ちだね先輩と、ユーリが危ない！」

いや、ちだね先輩は大丈夫かもしれない。今までずっと一緒だったのに、先輩は殺されてない。先輩の存在はお母さんみたいなもので、繭は先輩に依存している。先輩だけは、簡単には殺せないのかもしれない。

だとすると、ターゲットは僕か――ユーリ。

……逃げよう。せめてユーリだけでも逃がそう。どこか遠くへ。義父《とう》さんのところに置いてもらうのでもいい。

いや、でも、待てよ？

サイコパス以前に、繭が殺人犯というのは、本当か？

アッパーグラスなんてのは僕の妄想で、リアルな悪夢を見ただけかもしれない。

だって、考えてもみろ。あの繭が殺人鬼なんて、そんなことがあるか？　僕を殺すなんて、そんなことがあるか？

繭が殺人に快楽を感じるなんて、そんなことがあるわけ……。

この期《ご》に及《およ》んでなお、僕はそんなふうに迷っていた。

確かめたい。真実を。でも、どうやって確かめればいい？

繭に直接訊けばいいのか？　殺人鬼ですか、って？

いや、駄目に決まってる。やんわり訊いたって絶対に怪《あや》しまれる。繭が本当に殺人鬼なら、自分の秘密を嗅《か》ぎ回《まわ》る人間なんて、すぐに気付く。

だったら――そうだ！

一人、怪しまれずに訊ける人物がいる。

彼女は口が堅《かた》く、無駄《むだ》に思慮深《しりょぶか》く、怖いくらい繭に詳《くわ》しい。

僕は携帯を引っ張り出して、急いで雛子《ひなこ》にメールした。

4

『リンネ先輩の方からメールをくださるなんて……これは夢でしょうか？　夢ではなく現《うつつ》のことで、先輩がわたしのような者をうっかり覚えていてくださったのなら、わたしは夢ではないと証明するために、窓から飛び降りることも辞《じ》さない覚悟《かくご》です』

彼女がくれた返事には、そう書いてあった。

「いや、辞さなきゃ駄目だからね？　その前に、忘れたことなんかないからね？」

本人が目の前にいるわけでもないのに、思わずツッコミを入れてしまう。

僕は既《すで》に帰宅して、自分の部屋にいた。

メールの相手は雛子。〈も女会〉にエア参加している、最後の部員だ。

『繭のことを教えて欲しいんだ。過去、繭と付き合いのあった人とか』

という文面で送信すると、即座《そくざ》に返信がきた。

『……下衆《げす》の勘《かん》ぐりかとも思うのですが、ひょっとしてリンネ先輩は繭先輩に興味がおありなのでしょうか？』

『うん。特に交友関係』

『それは……性的な？』

『そんな露骨《ろこつ》な路線じゃないからね⁉　ただ昨日、チョコもらったから』

『大変申し上げにくいのですが、四月一日は再来月《さらいげつ》かと……』

『知ってるからね⁉　まあ、繭だけじゃなくて、みんなくれたんだけどさ』

『ああ――なるほど、そういうことでしたか！　リンネ先輩一世一代《いっせいちだい》の渾身《こんしん》のボケに、この程度の雑《ざつ》なリアクションしかできず、大変申し訳ありません……』

『ボケてないからね⁉　本当にもらったんだからね⁉』

僕は携帯でチョコ三箱の写真を撮り、メールに添付《てんぷ》して送りつけた。

ほんの数十秒で、妙にテンションの高いメールがきた。

『おめでとうございますリンネ先輩！　リンネ先輩みたいな素晴らしい人には、必ずや、人生に一度だけというモテ期が到来《とうらい》すると信じていました！』

『誉《ほ》めてるフリして絶望あおるようなこと言わないでよ⁉』

次の着信までは、一時間以上の間があいた。

雛子にしては時間がかかるな、と思っていたら、かなり長文のメールがきた。

『繭先輩レポート（抜粋《ばっすい》）』

抜粋って何だよ、と思いながら続きを読む。

『なにぶん、わたしのごとき怠惰《たいだ》な小娘のレポートですから、正視に堪《た》えぬ部分も多いかと存じます。どうか寛大《かんだい》なお心でご容赦《ようしゃ》ください』

「いや……何も探偵《たんてい》なみの身上調査《しんじょうちょうさ》を要求してるわけじゃないし……」

『もしお気に召さないときには、リンネ先輩の怒りと猛《たけ》りを静めるため、不肖《ふしょう》わたくし、慰謝料《いしゃりょう》をお支払いいたしたく思います。この貧相《ひんそう》で未発達《みはったつ》の体でよろしければ、どうかご存分に蹂躙《じゅうりん》なさってください』

「いやいやいや、しないからね⁉　僕をどんな悪党だと思ってるの⁉」

口でツッコミを入れながら、画面をスクロールさせる。長い前置きのあと、それに数倍する長さのレポートが続く。これによると、繭は――

『中学に上がるまでは、ほとんどご自宅で生活。家庭教師の浅水《あさみ》さん（女子大生。彼氏いない歴二年）に勉強を教えてもらう』

「何で家庭教師の彼氏いない歴まで知ってるんだよ！」

嫌な予感に震《ふる》えつつ、さらに続きをスクロール。

『学園の中等部に入学すると、浅水さんは就活《しゅうかつ》のため離脱《りだつ》。代わりに、ちだね先輩に勉強を見てもらうことに。この頃、となりの席の笹森《ささもり》さん（アイドル志望の夢見がちな少女。背中のほくろは三つ。のちに四つ）と仲良くなる』

「何で友達のほくろの数なんて知ってるの⁉　何で増えたことまで知ってるの⁉」

ぞくぞくっと寒気がした。これは確かに、正視に堪えない……。

『進級と前後して笹森さんと疎遠《そえん》になる。さらに二年の二学期、笹森さん宅が市の区画《くかく》整理《せいり》で立《た》ち退《の》きを迫《せま》られ、転校。繭先輩に近付いたバチが当たったと思われ』

「腹黒いこと言い出したよ！　やっぱストーカーじゃん！」

『ちなみに雛子はいわゆるストーカーではありません。そんな、わたくしレベルの者が名乗るなど、恐れ多いですし……///』

「ツッコミ想定してメール書いてるよこいつ！　っていうか、ストーカーって称号《しょうごう》を尊敬《そんけい》しちゃってるよ！」

そんな調子で、繭に近しい人たちの記録が羅列《られつ》されていた。

ちだね先輩は『わたしたちは二人ぼっちだった』なんて言ってたけど、案外もう少しのところまで行ってたみたいだ。繭にもう少しだけ協調性《きょうちょうせい》があれば、たくさん友達がいただろう。

——と、そこまで考えて、僕はぎくりとした。

かすかに震えながら、もう一度、雛子がくれたメールを読み返す。

浅水さん。就職で疎遠に。

笹森さん。転校で疎遠に。

橋本《はしもと》さん。傷害事件《しょうがいじけん》を起こして退学、疎遠に。

斉藤《さいとう》さん。骨折して入院、今も入院中で疎遠に。

長谷《はせ》さん。転校で疎遠に。

三木《みき》さん。転校で。

今井《いまい》さん。転校……で。

「……何だよ、これ」

携帯を握《にぎ》る僕の手は、いつの間にか、蠟《ろう》みたいに真っ白だった。

疎遠になった理由はそれぞれ違う。転校にしても、原因はお父さんのリストラだったり、海外への長期留学だったり、転校やむなしといった理由ばかりだ。

でも、こんな偶然《ぐうぜん》は……あり得ない。

ここまで徹底的《てっていてき》に、藺の友達候補《こうほ》がいなくなるなんてことは。

「この子たちは、もう……この世に、いないのか？」

――確かめたい。確かめなくちゃ。

だけど、雛子に怪しまれるわけにはいかない。これだけの情報収集能力を持つ雛子のこと、藺の秘密を嗅ぎ当てるかもしれない。そうなったら、真っ先に狙《ねら》われる。

僕は心を落ち着けて、冗談《じょうだん》めかしたメールを書いた。

『これってみんな友達候補だったんだよね？　こんなにどんどん乗り換えちゃうなんて、藺は案外、恋多き女なんだね』

返信は超早かった。

『それは違いますリンネ先輩！　わたしのごとき底辺を這《は》いずるクソムシが先輩に意見するなど大変恐れ多いのですが、藺先輩は人付き合いが下手《へた》なだけです！』

……その通りだ。何せ、藺は愛情表現が下手すぎる。人間としては致命的《ちめいてき》なほど。

お礼とおやすみのメールを雛子に送り、それから、連絡先のリストを呼び出した。

意を決し、できればしばらく話したくない、とある人物に電話する。

『――リンネ⁉　どうした⁉』

うわあ、スピーカー越しに息がかかった！　絶対かかった！

「あ、あのさ、源《みなもと》……」

『水臭いな。ヒカルって呼べよ』

爽《さわ》やかな笑顔が脳裏《のうり》に浮かぶ。昨日まではカッコよく見えたそれが、正直怖い。

「ちょ……ちょっと訊きたいことがあるんだけど」

『俺は絶対おまえを幸せにするから！』

「いきなりプロポーズ⁉　そんな決意表明は聞きたくもない！」

ツッコミのおかげで吹っ切れた。僕は半《なか》ばやけくそで、大声で続けた。

「源、女子にモテまくりだろ？　だから――」

『リンネ信じてくれ！　俺は女子なんか嫌いなんだ！』

「そんなカミングアウトはいらねえ！　女子の噂話《うわさばなし》とか詳しいよねって言いたいの！」

『まあ……な。頼みもしないのに、くどくどくどくど聞かされて――』

「ストップ源！　君のトラウマは今度聞くとして、ちょっと教えて欲しいんだ」

『ウワサ話のことか？　何の？』

「学園の〈神隠《かみかく》し〉について」

源はすぐにピンときたようだ。

『七不思議《ななふしぎ》か……。確かに、ずっとウワサになってるな。特に〈神隠し〉はよく聞くよ。

でも、あんなのはデタラメだ』

「デタラメ？」

『ウチって中高一貫《ちゅうこういっかん》の上、かなりのマンモス校だろ？』

その通り、総生徒数は二千人超。敷地《しきち》も広いし、寮《りょう》もある。

『人数が多いからさ、尾《お》ヒレもつけやすいんだよな。「ふたつ上の先輩が」とか「去年のG組で」とか、そんなふうにボカして語るんだ』

「へえ……それで？」

『あんまり得意げに語ってくる女子が嫌で、一度調べたことがあるんだよ』

思い出すのも嫌、という口ぶりで源は続けた。

『ウワサの発端《ほったん》は、たまたま友達の少ない子が転校したり、登校拒否になったり、骨折で入院したり、傷害で退学処分になったり――そんな事例が重なっただけ。それが位置的に遠いクラスや、別の学年で、面白おかしく「いなくなった」と語られる』

相槌《あいづち》を打とうとして、できなかった。

転校。登校拒否。入院。退学処分。

『リンネ？　どうかしたか？』

「いや……噂の元ネタになった子たちって、名前わかる？」

『悪い。名前はさすがに忘れたな……あ、でもほら、その一人――今井だっけ？　つい最近転校するまで、おまえの部の大洞繭《おおぼら》と結構しゃべってたぜ』

かしゃんっ！　と硬い音が響《ひび》いた。

僕が携帯を取り落とした音だ。

力の入らない指で、どうにか拾い上げる。

『リンネ、どうかしたのか？　今すぐ行くか!?』

「くるな！　何でもないよ。ただちょっと、手がすべって」

『おまえもか。実は俺も手汗がすごいんだ。やけに興奮して……』

「一緒にするなよ!?　僕の興奮はそういうんじゃないんだからね!?」

『おまえ……何て素敵なツンデレ……！』

鳥肌が立つ。僕は早々に電話を切ろうと、早口になった。

「とにかくありがとう！　参考になったよ！」

『あ、待て！　切るな！』

鋭《するど》い声が飛ぶ。これまでとは違う切迫《せっぱく》した声に、僕は驚いて耳を澄《す》ました。

『あのな、リンネ。これは言っていいのかどうか、わからないんだが……』

「……何？」

『昨日の返事は……あ、いや！　それは来月まで待つのが礼儀《れいぎ》だな！』

「これからもずっと友達でいてくれ！」

僕は一方的にそう言って、返事も待たずに通話を切った。

携帯を机の上に放り出す。その弾《はず》みで、ぽたり、と熱いものがふとももに落ちた。

僕のまぶたから、涙があふれていた。

こんなふうに泣いたのは五年前——母さんが死んだ、あのとき以来だ。

たまらない気分で顔を覆《おお》う。

まだ確証はない。そうと決まったわけじゃない。

繭に近付いた女の子たちは、いろんな理由で遠ざかってしまうだけ。

繭が殺人鬼だっていう証拠はどこにもない——

なのに、僕の涙は止まらない。

……もう、現実から目を背けるのはやめよう。

あのくそったれな悪夢はまだ続いている。学園の七不思議——化学実習室のペンギンも、神隠しも、西棟《にしとう》の殺人鬼も、たぶん、女の子のすすり泣きも。

何てことはない。それは全部、繭のことだったんだ。

べそべそ泣いていると、机の上の携帯がぶるぶる震えた。

予感めいたものを覚えながら、僕はのろのろと携帯を操作する。

メールの着信が一件。思った通り、差出人は彼女だ。

今朝に引き続き、繭からの呼び出しだった。

5

翌朝、僕はいつもより一時間以上も早く身支度《みじたく》を済ませた。

脱衣所《だついじょ》に首を突っ込み、シャワー中のユーリに声をかける。

「僕は先に行くけど、戸締《とじ》まり忘れるなよ」

浴室から「痴漢キモイ痴漢！」と元気な返事があったので、安心して家を出る。

空は重苦しい曇天《どんてん》。すぐにも雪が降るだろう。

バスも地下鉄も、いつもより少しだけ空《す》いている。しんと冷えた朝の空気。排気《はいき》ガスの臭いを、僕はひどく懐《なつ》かしい気分で吸い込んだ。

学園に到着。広い前庭を横切って、校舎へ。

誰ともすれ違わないまま、体育館の更衣室《こういしつ》に寄り道する。

そこでズボンを下ろし、ふとももをきつくテーピングした。

ズボンをはき直し、痺《しび》れる足を引きずって、今度こそ化学実習室へと向かう。

「リンネ！」

実習室には、もう繭がいた。

二人っきりで向かい合う。この前、毒殺されたのとまったく同じ状況だ。

繭ははにかんだように頬を染め、微笑んだ。

僕の心臓に、ずきんずきんと疼痛《とうつう》が走る。

繭を助けたい。それは本心だ。

でも、今の繭は殺人鬼で、僕には繭の魔手《ましゅ》から護《まも》りたい人たちがいる。ちだね先輩と、ユーリと、雛子を護らなくちゃならない。

「きてくれた……リンネ」

嬉しそうにつぶやき、きゅっと白衣《はくい》のすそを握る。

なるべく自然に見えてくれと願いながら、僕はいつも通りに笑って見せた。

「おはよう、繭。何なの、渡したいものって？」

「うん。これ」

繭は両手で、チョコの小箱を差し出した。

僕は小箱を受け取って、機械的にリボンをほどき、フタを開けた。

「……え、チョコ？　一昨日《おととい》、もらったよね？」

「あのね」

わかってる。彼女が言いたいことは。

「わたし、たぶん……ううん、たぶんじゃ、ない」

繭は僕をまっすぐに見て——

「絶対、リンネのことが、好き！」

鼻の奥がツンとして、視界《しかい》がぼやけた。

「この前、わかったの。リンネが……ひょっとしたら、わたしにチョコをくれるんじゃないかって思ったとき、そうだったらいいなって、思ったから」

藺は僕の手を取り、胸元に導く。ほのかなふくらみの向こうに、熱いくらいの体温と、アップテンポの鼓動《こどう》を感じた。

「ここが、どきどきして、たまらなくなって……そうしたら、作りたくなって」

「……毒を？」

「うん」

「……毒って、認めるんだね」

「リンネ、好き」

藺はまぶたを下ろし、僕に唇を近付けてくる。

僕も目を閉じ、その訪れを待った。やがて——

チョコがひと粒《つぶ》、僕の口に押し込まれた。

一瞬、このまま死ねば、また四次元人になれるかも、と思った。

それは想像を絶するほどの、甘美《かんび》な誘惑《ゆうわく》だった。

僕は理性を総動員《そうどういん》して誘惑に抗《あらが》う。それは極めてリスキーな賭《か》けだ。アッパーグラスに行ければいいけど——もし、普通に死んでしまったら？　ちだね先輩はどうなる？　ユーリは？　雛子は？

だから、僕は驚いたふうを装って、繭から距離を取った。

口を押さえて飲み込むフリをする。実際には舌で押し出して、手の中に隠した。緊張で喉《のど》がカラカラだったので、チョコは全然融《と》けてない。

「いきなり何だよ、繭——がっ⁉」

僕は首をかきむしり、床の上を転げ回った。

もちろん演技だ。昨日見た僕自身の死に様を、再現して見せるだけ。

そのどさくさにまぎれ、チョコをポケットに隠す。

数十秒、僕は苦しむだけ苦しんで、ぐったり体を投げ出した。

しばらくのあいだ、繭は熱い息をついていた。

興奮の吐息《といき》。でも、すぐにそれは嗚咽《おえつ》に変わる。繭はしゃくり上げ、ハナをすすり、さんざん泣いて、僕の足をつかんだ。

僕は必死で死んだフリをつづける。気休めでテーピングをしたけれど、脈《みゃく》が残っていることがバレたら、ちょっとどころではなく危険だ。

でも、それは杞憂《きゆう》だった。繭は自分の毒の殺傷力《さっしょうりょく》を少しも疑ってない。僕が少しくらい動いてしまっても、全然気付かずに、ずるずる引きずって行く。

準備室に続くドアを開け、その向こうへ。

僕はこっそり薄目《うすめ》を開け、周囲の状況を確認した。

藺の背中は薬品の保管庫を素通りして、さらに奥のドアを目指している。

あちらは確か……非常階段だ。

地下まで続く、長い階段になっている。地下ボイラー室のとなりが機材室にあてられていて、大きな実験装置がいくつか、そちらに置かれているのだ。

藺は躊躇《ちゅうちょ》なく階段を降りる。一段降りるたび、カドが僕の後頭部に当たる。思わずうめきそうになるのをこらえ、ガンガン小突かれながら、僕は地下に運搬《うんぱん》された。

むっと湿度《しつど》が高く、コンクリート越しにボイラーの振動《しんどう》が響いてくる。水臭さが漂《ただよ》う中に、ほんのり酸《す》っぱい臭いが混じっていて、ひどく不快だ。

藺は機材室の中ほどまで行き、ようやく僕を放した。

僕の前に、バスタブの上に水槽《すいそう》をのせたような、奇妙《きみょう》な装置があった。

これは……何だっけ？　こんな装置、あったっけ？

水槽からパイプが伸びて、金属製のタンク数本とつながっている。ＰＣで操作できるらしく、デスクトップ型のマシンが接続《せつぞく》されていた。

タンクに入っているのは、たぶん液体だろう。つながっているということは、タンクの中身を水槽に入れる……んだろう。種類の違う液体を水槽に移す仕組み——そうか、大量の水溶液を、一定濃度《いっていのうど》でキチンと作る仕組みだな。

だとすると、一体、何の水溶液を？

藺は充血した目でモニターを見つめ、PCの操作を続けている。間もなく、コバルト色の液体と無色の液体が蛇口《じゃぐち》から吐き出され、水槽に溜《た》まっていった。

これはいわゆる、〈浴槽《よくそう》の花嫁《はなよめ》〉ってやつじゃ……？

実在する殺人鬼の中に、死体を硫酸で溶かした奴がいた。コバルト色の液体はきっと硫酸。無色の方は、たぶん塩酸か何か。

僕をバスタブに放り込んで、上から酸をかける気だ！

ずっと疑問だった。あんな雑な殺しをしているのに、どうして足がつかないのか。藺はどうやって死体を処分しているのか。

隠しておける場所がないなら、消してしまえばいい。

——冗談じゃない！

僕は音もなく携帯を取り出して、飛び起きざま、カメラのシャッターを切った。

液体と、装置と、藺を立て続けに撮る。

「え⁉　リンネ⁉」

藺は驚愕《きょうがく》したようだ。無理もない。死んだと思っていた僕が息を吹き返して、写真を撮りまくっているんだから。

でも、繭はやはり聡明《そうめい》だった。僕を生かしておいちゃまずいと、すぐに理解したようだ。白衣のポケットからビンを抜き取り、中身を僕にぶっかける。

反射的に身をかわす。かわせたつもりだったけど、右のひたいに液体がかかった。

目を閉じる。でも、遅い。それはすぐさま垂《た》れて、僕の眼球《がんきゅう》を焼いた。

「う……おわぁあああああっあぁあっ……ぁあああああっ！」

思わず絶叫《ぜっきょう》が漏《も》れてしまう。瞳の中央にアイスピックを突き立てて、かき出されるような痛みだった。たまらず押さえた手が赤く染まる。本能的《ほんのうてき》に、右目はもうダメかもしれないと思った。だけど、命まで取られるわけにはいかない。僕は携帯を握り締め、階上へと逃げた。

テーピングのせいで脚《あし》が痺れ、速度が出ない。

ほとんど四《よ》つん這《ば》いで、上へ上へと走る。片目で走るのは大変だった。カラダが傾《かたむ》き、目測《もくそく》が狂い、何度も手すりに激突《げきとつ》した。それでも逃げる。逃げて、逃げて、ドアを蹴って、繭の手を振り払って、どうにか実習室に飛び込んで、ドアの鍵《かぎ》をかけた。

繭は合鍵を持っているだろう。すぐにも開けられる。僕は無我夢中《むがむちゅう》で、とにかく実習室の外へと飛び出そうとした。

扉を思い切り押したとき、がつんっ、と誰かにぶつかった。

「うにゃ⁉ い……いったー〜い！」

「ちだね先輩！」

「え……リンネくん？」

赤くなったおでこを押さえ、ちだね先輩が尻餅《しりもち》をついている。

僕のつぶれた右目を見て、先輩はびくっとなった。

「どうしたの⁉　怪我《けが》してる……！」

「……大丈夫です。そんなことより」

「大丈夫じゃないよ！　早く病院に行かないと——ううん、その前に消毒した方がいいのかな……？　どうしよう……どうしたら……⁉」

完全にパニクっている。僕に駆け寄り、心臓がつぶれそうな、つらそうな表情をする。

先輩は僕を本気で心配してくれている。そのことがすごく嬉しい。

だからこそ。

「そんなことはどうでもいいんです！　今すぐ逃げましょう！」

僕は激痛を無視して、先輩の手をつかんだ。

「え、逃げるって……何から？」

「繭からですよ！　早く！」

そうして、僕たちは廊下を駆《か》け出《だ》した。

6

先輩を助けなきゃ——その一心で、僕は校内を駆けた。

最短ルートで昇降口《しょうこうぐち》を目指す。中央階段を駆け降りようとして、階下に足音を聞いた。ぎょっとして手すりから身を乗り出すと、はためく白衣が階下に見えた。

繭だ！　どうして——そうか、ボイラー室は一階につながってる！　僕の脱出ルートを読んで、先回りしたんだ！

まずい。別の階段を使ったところで、どのみち下で鉢合《はちあ》わせになる。

「ちょっと……待って、リンネくん……っ」

先輩ははあはあと苦しそうに喘《あえ》いでいる。

これ以上、走り回る余裕はない。やむを得ず、僕は階段を駆け上がった。

屋上《おくじょう》に飛び出す。鍵は校舎側についていて、立てこもるには適さなかった。痛恨《つうこん》の判断ミス——だけど、僕は覚悟を決め、屋上の端《はし》っこへ走った。

屋上花壇《かだん》に氷が張っている。上履きが氷ですべり、放置されたバケツに蹴つまずいた。

バケツの中には氷の塊《かたまり》が入っていて、すねとつま先を強打してしまう。

僕は鉄柵《てっさく》ぎりぎりまで下がって、ようやく先輩の手を放した。

ちだね先輩は息を切らしながら、青ざめた顔でつぶやいた。

「どうしたの、リンネくん……。早く、目を手当てしないと……」

「僕のことはいいんです。それより、繭が——」

「繭？　繭がどうしたの？」

「繭は人殺しなんだ！」

ちだね先輩の反応は、おおむね、僕が予想した通りだった。

先輩はひどく悲しそうな顔をして、紅茶色《こうちゃいろ》の目を伏《ふ》せた。

「リンネくん……そういう冗談、わたし嫌い」

「僕だって信じたくなかった……今も信じられない……でも本当のことなんです！」

「やめて！　怒るよ！」

「怒ってもいい！　嫌われてもいい！　僕は先輩を助けたいんだ！」

先輩の肩をつかんで、真正面から訴《うった》えかける。

僕の本気は先輩にも伝わったようだ。先輩は僕が流す血を見て、

「……ほんとう、なのね？」

僕はうなずいた。

「後で証拠を見せます。今はとにかく、繭を何とかしないと——」

先輩から手を離し、僕は屋上を見回した。繭はまだ到着していない。この隙《すき》に、武器

になりそうなものを探しておこう――

その瞬間、重い衝撃《しょうげき》が側頭部《そくとうぶ》にきた。

硬い。冷たい。熱い。

何だ……？　何が……起こったんだ？

視界がゆがみ、平衡感覚《へいこうかんかく》を失う。膝《ひざ》ががくがくと震え、力が入らない。倒れ込みそうになるのを、かろうじて鉄柵が支えてくれる。

どろ、と熱いものが耳に入った。血だ。足もとが見る間に赤く染まっていく。

僕はぼんやり、ちだね先輩を振り向いた。

先輩は必死の形相《ぎょうそう》で、バケツをつかんでいた。

あれを叩きつけられたのだと、ようやく理解する。

「ごめんね……リンネくん」

先輩がバケツを取り落とす。ごろっと氷の塊がすべり出て、僕の足にぶつかった。

先輩は綺麗な顔をくしゃっとゆがめて、

「死んでください」

と言った。

とん、と先輩の手が僕の胸に触れる。

軽く触れられただけのように思えた。ちょっとくすぐったいような、恥ずかしいような、嬉しいような、そんな気分で、先輩の手の感触を味わう。

でも実際には、先輩は相当強くぶつかってきたようだ。全身全霊《ぜんしんぜんれい》の力で、僕を下から突き上げる。頭部へのダメージで朦朧《もうろう》としていた僕は、実にあっけなく鉄柵を乗り越えた。

ふわりと天地が一回転。先輩の姿が一気に遠のく。

突き落とされたと気付いたときには、破滅的《はめつてき》な痛みが頭蓋骨《ずがいこつ》を貫《つらぬ》いていた。

衝撃は首から腰まで突き抜けた。ゴキッだかベキッだか、無駄に痛快《つうかい》な効果音が体内に響いて頸椎《けいつい》が砕ける。

脳みそを裏返しにされたような激痛に、僕の意識はたちまち飛んだ。

雪の冷たさが気持ちよくて、僕は意識を取り戻した。

いや、意識と言えるほどのものは、もうない。ただぼんやりと、アスファルトに舞《ま》い落《お》ちる雪のかけらを眺《なが》めている。

ああ、死ぬんだな、と思った。

助からないだろう。だって、頭は割れてるし、首も折れてるんだ。

真っ黒なアスファルトの上に、真っ白なふとももが見える。

誰かが膝をついている。ちだね先輩の足だってことは、なぜかわかっていた。

僕は目だけを動かす。もどかしいくらいゆっくり。そうして見上げてみると——ちだね先輩は泣いていた。

両手のこぶしを胸に押しつけて。ぼろぼろ、ぼろぼろと。

頭のアンテナ髪がオジギソウのようにしおれていて、何だかマヌケだ。

「ごめん……ごめんね……リンネく……っ」

涙でぐちゃぐちゃになった顔で、先輩はそう繰り返していた。

透明《とうめい》なしずくが雪に映えて、とても綺麗だ。

そんなに泣かないでください、ちだね先輩。

僕にとって一番つらいのは、先輩が泣いていることなんです。

「ごめんなさい……ごめんなさい……ごめんなさい……ごめんなさい……！」

嗚咽混《ま》じりに先輩は続ける。声をしぼり出すように。

「わたし、本当に、ゲスいよね……最低の、腐《くさ》れ喪女《もじょ》だよね……っ」

痛々しいくらいの涙が、冷たい風に吹かれている。

「でも、どうか……待ってて……欲しいの」

待つ——何を？

「わたしも、すぐに……そっちに行くから……っ」

先輩の手が、そっと僕の頬に触れた。

「そうしたら、また……みんな一緒に……！」

先輩の涙が頬に落ちたと思った瞬間、僕の視界は急速に暗くなった。

眠りにつく瞬間に似ている。うすれゆく意識の中、僕の胸を満たしたのは、意外にも幸福感だった。先輩に悼《いた》まれながら死ぬなんて、すごく幸せな死に方で――


――違う！


幸せなんかじゃない！　こんな不幸な死に方があるか！

泣いてる先輩を残して自分だけが死ぬなんて、そんなのは不幸の極《きわ》みだ。そんな結末は認めない。認められない！

先輩が死ねと言うなら、僕は喜んで死ぬ。

だけど、これは違う。こんなに先輩を悲しませるなら……僕は死にたくない！

――ああ、でも。

誰も僕の意識を引き戻すことはできない。

結局、僕の生命活動は、そこで終了した。

第五話

抱腹絶倒カフェテリア

Q「とあるカフェテリアでの会話」

一般的な女子高校生
「ここのチョコレート、
美味しいよね！」

一般的な女子中学生
「わ、わたしのごとき
下賤の者が食べても
いいのでしょうか？」

無表情の女子高校生
「ちだね。わたしも
それ食べたい」

大人びた女子高校生
「食べかけだよ？
じゃあ、はい、あーん」

目ざとい男子高校生
「……雛子のそれ、
いちごシロップ？
ケチャップ？」

1

いつしか、わたしには大事なものができていた。

大切な、大切な。ずっと護《まも》っていきたいものが。

でも、それがいつか壊《こわ》れてしまうことを、わたしは知っている。

この時間が、ずっと続けばいい。

……でも、いつか終わりがくることを、わたしは知っている。

壊れてしまうから愛《いと》しいのか。愛しいから壊れてしまうのか。

自分の気持ちさえ、もうわたしにはわからない。

ただ、怖い。

破滅《はめつ》の訪れを、わたしはずっと怖れている。

リンネくん。ユーリちゃん。雛子《ひなこ》ちゃん。そして、繭《まゆ》。

どうか、もう少しだけ、このままでいさせて。

もっとたくさん、みんなとの思い出が欲しいの。

楽しかったことや、嬉《うれ》しかったことや、熱くなったこと。
それはたぶん、この世界のどこかに残ると思うから。
わたしたちがみんな消えてしまった後も。
だから、どうかお願い。もう少しだけ、このままで。
それは、弱くて、卑怯《ひきょう》で、残酷《ざんこく》で、おぞましいほど利己的《りこてき》な——
そんなわたしの、ささやかな願い。
せめてもの願い。

たったひとつの、願い。

2

バカリンネがいなくなった。
そう確信したのは、お昼休みのことだ。
先に登校したはずのリンネは、お昼になっても学校に現れなかった。
何度ケータイにかけてみても、つながらない。
どこかで寄り道してるのかな、って思った。授業サボって誰《だれ》かとデートしてるのかな、なんて。繭か、ちだね先輩か、どっちかが抜《ぬ》け駆《が》けをして――

でも、二人に会いに行って、それが間違いだってわかった。

二人とも普通に登校してたもの。泣けるドラマの鑑賞会《かんしょうかい》をしたとかで、ちょっぴり目が赤かったけど、いつも通りの二人だった。

あたしの心の中で、不安がむくむく大きくなった。ゆうべの晩ごはんのとき、リンネは普段通りにふるまおうとしてたけど……緊張《きんちょう》してるの、すぐにわかったよ。だって、あたしはもうずっと前から、リンネのことばっかり見てるんだから。

リンネは一体、どこに行ったんだろう?

何のために、いつもより早く登校したんだろう?

……やだ、怖いよ。

不安で、不安で、不安で、不安で、不安で、おしつぶされそうで。

あたしは五時間目の授業中、ずっと震《ふる》えていた。クラスメイトも先生も心配してくれて、六時間目は保健室で過ごした。

保健室のベッドに入った瞬間、ぽろっと涙がこぼれて――

それっきり、もう止まらなくなった。

あたしはシーツにくるまって、声を殺して泣いた。

やだよ、リンネ……。いなくなっちゃ、やだよ……!

ひとりぼっちでいると、悪い方に悪い方に考えてしまう。

誰か、相談に乗って欲しい。でも、パパは京都《きょうと》でお仕事だし、お義母《かあ》さんは……。

あ――そうだ、ヒナ！

ヒナは小さな頃から、あたしの気持ちをわかってくれた。一番の親友だ。

でも、ヒナはもう四か月近く学校にきてない。

きっと、ヒナは人間が嫌いになったんだ。あんなことが、あったから。

でも、あたしにはもうヒナしかいない。

あたしはすがるような気分でメールを打った。

『リンネがいなくなったの！　どうしたらいいか、教えて！』

返信を待っているあいだも、あたしはぐずぐず泣いていた。今日に限ってレスが遅い。

泣き疲れてうつらうつらしていると、ようやくランプがぴかぴか光った。

きた！　あたしは急いでスマートフォンのパネルを撫《な》でる。

『件名「もちついてください！」』

いきなり脱力。そっちが落ち着いて、と思った。……ううん、これはヒナなりの心配《こころくば》りかも。こういうところに気の回る子だから。

『高校生が一日学校にこなかったくらいで、警察は動いてくれないと思います。だから、しばらく様子を見た方がいいんじゃないでしょうか……？』

言えてる。まともに取り合ってもらえない気がする。

『リンネ先輩《せんぱい》は軟弱《なんじやく》な感じで、一見頼りなく見えますけど、その実あんまり頼りにはなりません……けど、まあ思ったよりはしっかりしてますから、そうそうおかしなことに巻き込まれたりはしないと思います——希望的観測《きぼうてきかんそく》ですが。どのみち、手遅れな場合は手遅れなので、心配するだけ損《そん》だと思います』

「はっきりと言う！　気に入らないわ、その言い方！」

でも、ヒナからメールをもらって、少し気分が落ち着いた。

あたしは『ありがと。ヒナ大好き』ってメールを送った。しばらくして、『わたくしごときにもったいなきお言葉、恐悦至極《きようえつしごく》に存じます！』と返信がきた。

それで、勇気が出た。くすっと笑って、あたしはベッドを降りる。

泣《な》き腫《は》らしてブサイクになった顔は恥ずかしかったけど、恥ずかしがってる場合じゃないってことも、あたしにはわかっていた。

リンネはきっと——絶対、何か事件に巻き込まれてる。

リンネはあたしが助ける。リンネの行方は、あたしが捜《さが》す！

きっと見つけてあげるからね、バカリンネ。

そう決意して、勇《いさ》ましく保健室を出たところで、ちだね先輩と出くわした。

先輩は移動教室のあとだったみたい。ぞろぞろ行進中の先輩たちの中から、とととっと飛び出して、こっちに駆け寄ってきた。

「ユーリちゃん。リンネくんが学校にきてないって、ほんと？」

「――本当です」

そう答えるのが精一杯《せいいっぱい》だった。先輩はいたわるような優《やさ》しい目で、あたしの腫《は》れた目元を見た。あたしは恥ずかしくなって顔を背《そむ》けた。

「リンネくんのことが、とても心配なのね」

「そ、そんなことないですっ。何であたしがあんなバカ――」

ぎゅーっと抱きすくめられて、あたしの言葉は宙ぶらりんになった。

先輩は優しい。あったかい。

あたしの胸はたちまちいっぱいになって、嗚咽《おえつ》が口からこぼれそうになった。

一度おさまった涙が、また込み上げてくる。あたしは唇《くちびる》を嚙《か》んで、我慢《がまん》した。泣いちゃだめだ。こんなところで甘えてちゃいけない。

ちだね先輩はそっと身を離し、あたしの目をのぞき込んだ。

「リンネくん、電話にも出ないの？」

「はい……。メールの返事もなくて」

「そう……心配ね」

足もとに視線《しせん》をやって、考え込む。先輩も心配してくれてるんだ……。リンネのバカ。

果報者《かほうもの》。こんな素敵な先輩に心配かけるなんて。

「ねえ、ユーリちゃん。今日、部室に寄っていく？」

「あ、いえ……家に帰ろうかなって。あいつが戻ってきてるかもですし……」

「わたし思うんだけど、部活をやってる時間なら、リンネくんはまず、部室に顔を見せてくれるんじゃないかな？」

「あ……なるほど」

リンネはちだね先輩至上主義《しじょうしゅぎ》なのだ。無事に戻ってきたんなら、きっと部室に顔を出す。それに、ひとりぼっちで家にいるのは、やっぱり気が進まない。

「部室で待とう、ね？」

それが決定打。あたしは素直にうなずいた。

3

「ちだね……」

わたしの腕の中で、繭がわたしの名を呼んだ。

放課後《ほうかご》の実習室《じつしゆうしつ》。燃《も》え尽《つ》きかけた太陽が、抱き合うわたしたちを照らしている。

わたしたちがたくさんの思い出を積《つ》み上《あ》げた、この場所。愛着もあり、見慣れたはずのこの部屋が、今日に限って、とても寒々《さむざむ》しく思えた。

「ちだね……ちだね……」

藺は脅《おど》かされた兎《うさぎ》みたいに、小刻《こきざ》みに震えている。

わたしの体温を求めて、すがりついてくる。わたしは藺を抱きしめ、白黒の髪を撫でてやる。たまらない気分で――そして、どこか白々《しらじら》しい気分で。

「藺。かわいそうな藺」

小さな子どもをあやすように、藺の耳元でささやく。

「大丈夫。大丈夫だよ。藺はわたしが護るからね」

「ちだね……」

「ずっと、ずっと、護るからね」

藺は安心したようにうなずき、震えるのをやめる。

そのまま落ち着いてくれるかと思ったけど、そうはいかなかった。

「ちだね……泣いてる……？」

おずおずと指を伸ばし、わたしの頬《ほお》に触《ふ》れる。

触れられて初めて、頬が濡《ぬ》れていることに気付いた。

「――何でもないよ」

「泣かないで、ちだね……。ちだねが泣いてたら、わたし……どうしたらいいか……」

藺がまた震え始める。きゅううう、と瞳孔《どうこう》が開いて、目の奥の闇《やみ》が深くなった。

昏《くら》い。まっくらだ。のみ込まれそうだよ、藺……。

きっと、わたしにも油断《ゆだん》があったんだ。

この四か月、藺はとても落ち着いていた。全然、発作の兆候《ちょうこう》を見せなかった。

そのせいで、わたしは忘れそうになっていた。わたしたちの業《ごう》を、罪《つみ》を、宿命を。

「大丈夫よ。心配しなくていいの。わたしは大丈夫。大丈夫なのよ」

わたしはごしごし目元をこする。そして、必死に藺をなだめる。

藺の前で、こんな顔をしちゃだめだ。

誓《ちか》ったはずよ、千種《ちぐさ》。誓ったじゃない、藺のお母さまに。

藺を護る。一生、護り続ける。

そうすることが、わたしのつぐない。わたしがしなくちゃならないことなの。

わたしはそうやって生きてきたはず。この一〇年間、ずっと。

たくさんの証拠《しょうこ》を消した。そのために、高価な機材や、危ない薬品や、ときには労働力を用意してもらった。

大勢の人を欺《あざむ》き、遠ざけてきた。お金で解決したこともあれば、脅《おど》してもらったこともある。おばあさまの後ろ盾《うしろだて》があっても、子どもを亡《な》くした親御《おやご》さんを黙《だま》らせるのは、とても大変なこと。ときには、藺が起こした以上の凄惨《せいさん》な事件が必要だった。

それでも、わたしは折れずに続けてきた。
繭を護るためなら、わたしは迷わない。ユーリちゃんだって……。

——本当に、そうなの？

これまで感じたことのない迷いが、わたしの胸に押し寄せてくる。
だって、リンネくんはもういない。
リンネくんが、死んじゃったんだよ？
——死んじゃった？　違う！
わたしが殺したのよ！
最後まで、こんなわたしを護ろうとしてくれた。
そんなリンネくんを、わたしが……っ！
心をじょきじょき切られて、踏《ふ》みにじられて、焼き捨てられたような気がした。
ここはリンネくんのいない世界。
そんな世界に、どれだけの価値があるっていうんだろう？
青春なんて、もうどこにもない。
ううん、そんなものは始めからうそっこだった。

お芝居《しばい》に過ぎない。何もかも、偽物《にせもの》の、ごっこ遊び。

でも、うそっこのお芝居を貫き通すことができれば。

いつか、それは〈ほんとう〉になるかもしれないって、どこかで信じてた。

……わたしは一体、何をしているんだろう？

いつから、こうなってしまったんだろう？

何が……間違っていたんだろう……？

わからない……わからないよ。

わたしはどうしたらいいの？

どうすれば、よかったの……？

お母さま。お母さま。

黙《だま》ってないで、教えてよ、お母さま――

「ちだね……泣かないで、ちだね……っ」

おろおろと取り乱す繭。わたしはたまらなくなって、繭を抱きしめた。

「大丈夫よ、繭。わたしは大丈夫」

「ちだね……本当？」

「本当よ。わたしはいつだって、大丈夫だったでしょう？」

「また、やっていい？」

繭の唇から、熱い息が漏《も》れた。

艶《なまめ》かしく、妖《あや》しい息遣《いきづか》い。呼吸が乱れ、肌《はだ》が色づき、目が潤《うる》んでいる。

禁断症状《きんだんしようじよう》。繭は飢《う》えている。今朝、繭の欲望《よくぼう》は極限《きよくげん》まで高まっていた。その想《おも》いが遂《と》げられなくて、余計に飢えてしまったんだ。

「今度は……ユーリを、食べたい」

重くなる唇を無理に動かして、わたしは返事をする。

「そうだね。リンネくんは食べられなかったからね」

「ユーリ……ユーリを、早く……っ」

「大丈夫。ユーリちゃん、もうすぐくるからね」

そう、大丈夫。もうすぐ、何もかもが終わる。

この悪夢みたいな日常も。

4

実習室の扉《とびら》の前で、あたしは五分も立ち尽くしていた。

ノブに手をかけたまま、なぜか、ひねることができない。

どうしてか、入っちゃだめだって気がした。

入ろうという気持ちが起きなくて——ううん、そうじゃない。心は入ろうと思うのに、体がそれを拒否《きょひ》する感じ。

原因はわからない。嫌な予感がするわけでもない。

それなのに、何かに止められている。誰かが、やめろと叫《さけ》んでいるみたい。

誰？　誰があたしを止めてるの？

……リンネ、なの？

違う！

あたしは心の中で完全否定した。だってそれじゃ、まるで虫の知らせみたいだもの。

リンネがもう……死んじゃってるみたい……だもの。

思い切ってノブをひねろうとした、その途端《とたん》——

『やめろ、ユーリ！』

はっきり聞こえた。リンネの声が。

あたしはびくっとして、後ろを振り向く。

誰もいない。声も聞こえない。やっぱり……気のせいだよね、こんなの。

気のせいに決まってる。リンネは生きている。でも、気味が悪いのも事実だ。あたしは思い出したように不安になり、そして用心深くなった。

誰かにそそのかされたみたいに、普段なら絶対やらないことを思いつく。

あたしは扉に耳を当て、聴覚《ちょうかく》を研《と》ぎ澄《す》ました。

盗み聞き。金属の冷たさで歯が浮く。気持ち悪いのを我慢《がまん》していると——

ほんのかすかに、話し声が聞こえてきた。

『今度は……ユーリを、食べたい』

——え？

『そうだね。リンネくんは食べられなかったからね』

冷たい金属に顔をつけているのに、変な汗が噴《ふ》き出《だ》して、ふとももを伝い落ちた。

食べる……って、何？

言葉通りの意味じゃない……と思う。エッチな意味でもない……よね？

あたしは痛いくらい耳を押しつけたけど、二人の会話はもう聞き取れなかった。

床《ゆか》が崩《くず》れ落《お》ちるような、あの感覚があたしを支配する。

怖い。どうしよう。怖い。すごく怖いよ！

二人がリンネに何かした……なんて思わない。考えない。

でも、二人はリンネがいなくなった理由を知ってるんだ。

そして、リンネはもう『食べられない』ってことも。

わからない。わからない。わからない！

わからないけど……もう……わかってる。

ここにいちゃいけない。一刻《いっこく》も早く、あたしはここを離れるべき。

あたしはのろのろと、忍び足で扉の前を離れた。

水の中を歩いてるみたいに、動きが遅い。全然、足が言うことをきかない。

それでも、あたしは夢中で廊下《ろうか》を渡り、階段を降りる。

そのうちに、足は段々速くなる。早足になり、駆け足になり、学校を飛び出したときには全力疾走《ぜんりょくしっそう》。誰にも気付かれたくなくて、顔を隠《かく》すようにして走った。

走って、走って、走り続ける。

どこに行けばいいのかわからない。家——だめ、それは怖い。リンネが帰ってこない家なんて戻りたくないし、ちだね先輩はうちの住所を知ってる。

デタラメに街《まち》を駆け抜け、駅に突っ込み、電車に飛び乗り、また街を走る。

家には戻りたくなかったはずなのに、気がつけば最寄《もよ》りの駅で降りていた。帰巣本能《きそうほんのう》かもしれない。あたしの体は、自分の家に逃げ込みたいんだ。

どうしよう……!?

あたしは困って——ほとんど反射的に、駅前のチョコ屋さんに飛び込んだ。

エクレール。一時期、リンネが毎週のように通ってたお店だ。有名なショコラティエが経営者《けいえいしゃ》で、店舗《てんぽ》の一角は喫茶店《きっさてん》にもなっている。

あたしは案内も待たず、勝手に奥の席に向かった。

何を注文したのか全然覚えてない。ウェイトレスさんに「大丈夫ですか?」って心配されたけど、あたしはたぶん、愛想笑《あいそわら》いもできなかった。

あたしは頭を抱えた。前髪をくしゃっと握《にぎ》りしめ、きつく目を閉じる。

頭の中はぐちゃぐちゃで、全然考えがまとまらない。

六時間目のあと、ちだね先輩は部室で待とうって言った。

あれはつまり、あたしをおびき出そうとしたんだよね?

『リンネくんは食べられなかったからね』

さっき、先輩はそう言ってた。つまり、リンネはまだ無事ってこと?

確かめたいけど、二人はあたしにも何かしようとしてる。

今まで信じていた世界が、どんどん壊《こわ》れていく。

リンネ。ああ、リンネ。教えて。あたしはどうすればいい……?

そのとき、あたしの脳裏《のうり》に、またしてもヒナの姿が浮かんだ。

そうだ、ヒナ! ヒナなら、きっと味方になってくれる!

だって、ヒナはあたしの親友だもの。それに、ヒナはずっと学校にきてない。ちだね先輩とも、繭とも、つながってはいないはず。

あたしは急いでスマートフォンを立ち上げ、ヒナ宛《あ》てのメールを書いた。

件名には、『たすけて!』って書いた。

5

わたしこと丸瀬市雛子《まるせいちひなこ》は、ひどく居心地《いごこち》の悪い気分で、喫茶店の中にいました。

美容院《びよういん》と喫茶店ほど恐ろしい場所を雛子はほかに知りません。特に美容室は最悪です。自分と二時間近くも向き合うなんて、何かに目覚めてしまいそうです。……ひょっとして、偉《えら》いお坊さまも、そうやって悟《さと》りを開かれるのでしょうか？

一方、喫茶店は他人の目を通して自分自身が見える場所です。入った瞬間に突《つ》き刺《さ》さる視線、店員さんの作り笑いの向こうに見える嫌悪《けんお》、そして耳に入ってくる失笑《しっしょう》の声――ああ、考えただけで失禁《しっきん》してしまいそうです！

わたしは一番奥のボックス席に納《おさ》まり、極力《きょくりょく》目立たないよう縮《ちぢ》こまりながら、おどおどびくびく周囲の様子をうかがいました。

黒塗《くろぬ》りの鉄骨が天井《てんじょう》を走り、壁《かべ》はレンガ積み。明治や大正の洋風建築《ようふうけんちく》をイメージしたような、大変おしゃれな内装《ないそう》です。お客さんは女性ばかりで、髪やアクセサリーに気をつかった、いかにもな〈ステキ女子〉ばかり……。

わたしのような垢抜《あかぬ》けない子が、こんなおしゃれな場所にいては、スイーツを楽しむステキ女子たちのエレガントなひとときをブチ壊してしまうかも……と心配していたのですが、幸いにして、誰もわたしには注目していませんでした。

そう言えば、誰の視界《しかい》にも入らない希薄極《きはくきわ》まりない存在感は、わたしの数少ない長所でした。これからはもう少し、自信を持って行動できそうです。

とは言え、わたしが酸素《さんそ》を余計に消費してしまうせいで、店内の空気がにわかに濁《にご》ってきたような気がします……。ああ、わたしったら何という粗忽者《そこつもの》なのでしょう。こういうときのために、空気清浄機《せいじょうき》くらい持ち歩くべきでした。雛子の馬鹿！

そんなふうに自分の至らなさを反省していると、ウェイトレスさんがこちらに向かってきました。当然、わたしはかちんこちんに固まります。

ああ、ついにそのときがきた……。『お客さま、当店はお客さまのごとき下賤《げせん》の者が不用意に入ってよい場所ではございません』と叱《しか》られるときが！

「ホットチョコレートと本日のトリュフでございます」

にこりと優しく微笑《ほほえ》んで、ウェイトレスさんはカップとお皿を置きました。

カップは金属製で、上品ながらも現代的なステキデザイン。表面は磨《みが》き上《あ》げられ、鏡《かがみ》のように風景を反射しています。なみなみと注《そそ》がれたチョコレートは白い湯気を立て、恍惚《こうこつ》を誘《さそ》うような、甘い香りを漂《ただよ》わせていました。

拍子《ひょうし》抜《ぬ》けしてしまいます。どうやら、わたしは追い出されずに済みました。

……いえ、油断してはいけませんよ雛子。持ち上げておいて落とすという、よくある残酷《ざんこく》な手口かもしれません。

でも——考えてみると、わたしごときのためにそこまでの手間をかけるなんて、労力と時間の無駄《むだ》ですね。そんなＶＩＰ待遇《たいぐう》を期待するなんて、わたしったら、何を驕《おご》っていたのでしょう。お恥ずかしい限りです……。

わたしはチョコレートを味わいながら、先ほどよりはいくぶんリラックスして、店内を観察しました。

どういうわけか、肝心《かんじん》のユーリ先輩が見当たりません。

仕方なく、自分の携帯電話を開いて見ます。ピンクのボディはところどころ傷がつき、ボタンはプリントが消えるくらい酷使《こくし》され、ヘタレています。

そろそろ買い替えどきですが、機種に迷っているうちに、ずるずると……。ユーリ先輩みたいにスマフォというのも憧《あこが》れますが、わたしごとき田舎娘《いなかむすめ》が持つなんて失笑を買いそうですし……うーん？

そんなとりとめのないことを考えながら、メールをチェック。

履歴《りれき》によれば、ユーリ先輩から呼び出しを受けたのが少し前——

どうしても会いたい、ヒナしか頼れる人がいないと、とても切迫《せっぱく》している様子だったので、こうして急ぎ駆けつけたのですが……。

ユーリ先輩は、こんなわたしを親友だと言ってくれる、大事なひとです。ぶっちゃけ、藺先輩の次に劣情《れつじょう》をそそられま――わたしったら、何て下品なことを！　シスターを目指しているくせに業の深い女です。主よ、許したまえ！

煩悩《ぼんのう》を追い出そうと、懸命《けんめい》に十字を切っていると――

カランカランと鐘《かね》が鳴り、誰かがお店に入ってきました。

「ちだね先輩！」

自分でもびっくり。思わず、大きな声を出してしまいました。

かーっと顔が熱くなります。穴があったら出たり入ったりしたい気分です。

でも、嬉しい。今日は本当に、外出してよかった。ユーリ先輩だけじゃなく、ちだね先輩にも会えるなんて。

ちだね先輩は当然わたしに気付いてくれました。神々《こうごう》しいまでにぽやぽやなオーラを発散《はっさん》しつつ、わたしの席まできて、ふんわり優しく微笑みました。

「も～、どうしたの、こんなところで」

「ちょっと約束がありまして。先輩こそ、どうしたんですか」

「ユーリちゃんを探してたの。――ここ、座っていい？」

「はい、もちろんです！」

恐れ多くも、ちだね先輩はわたしの正面に座りました。わたしにはもったいないような、まぶしい笑顔を向けて――

「────っ！」

そして突然、真《ま》っ青《さお》になりました。

凍《こお》りついたみたいに固まっています。……よくわかりませんが、ちだね先輩の視線は、わたしの携帯電話に釘付《くぎづ》けでした。

「……先輩？　どうかしましたか？」

何の変哲《へんてつ》もない、おんぼろ電話だと思いますが……はっ！　ひょっとして、いつまでも買い替えない、わたしの貧乏性《びんぼうしょう》に嫌気《いやけ》が差してしまったのでしょうか。吝嗇家《りんしょくか》とは付き合いたくないと、縁切《えんき》りの言葉を考えていらっしゃる……!?

わたしが恐怖におののいていると、ちだね先輩はウェイトレスさんにココアを注文して追い払い、しばらくのあいだ、じっとわたしを見つめていました。

先輩は今にも泣き出しそうな眼《め》をしています。やはり、縁切り……？

「……あなた、だったんだね」

意味はわかりませんでしたが、首筋に刃物《はもの》を当てられたような気がしました。

「え……？　何が……ですか？」

「……あのね、大事な話があるの」

ユーリ先輩もそんなことを言ってました。大事な話があるって。

一体、何がどうしたと言うのでしょう。わたしが休んでいるうちに、部が大変なことになっちゃったのでしょうか。

つい先日はバレンタインで、リンネ先輩は大はしゃぎでした。何でも、ちだね先輩、繭先輩、ユーリ先輩の三人からもらったそうで——はっ！

まさか、リンネ先輩を巡《めぐ》って修羅場《しゅらば》に突入の流れですかー!?

しかし——ちだね先輩の『大事な話』は、色恋沙汰《いろこいざた》などではありませんでした。

先輩は心の底まで見透《みす》かそうとするかのように、わたしの瞳を熱心に見つめました。

「本当のこと言ってね。あなた……見たんでしょう？」

「何を、ですか？」

「見たはずよ。見たんだわ」

「あの、だから、何を？」

言葉を止めて、深呼吸。やがて、ちだね先輩の唇から吐《は》き出《だ》されたのは、

「雛子ちゃんの、死んだ姿を」


——は？

わたしは完全に虚《きょ》を突かれ、呆《ほう》けてしまいました。

わたしが死んだというのは、どういう意味でしょう？

混乱するわたしを放置して、ちだね先輩はもっと変なことを言いました。

「リンネくんを殺したのは、わたしなの」

今度こそ、わたしは大混乱に陥《おちい》りました。

え、何ですか？　何なんです？　どういう意味です？

「あの……ちだね先輩がリンネ先輩を殺したって、聞こえたんですが……」

「そう言ったの」

「悩殺《のうさつ》……？」

「屋上《おくじょう》から突き落としたのよ」

「馬鹿なこと言わないでください！」

思わず叫《さけ》んでしまいました。ステキ女子たちも、ウェイトレスさんも、驚いてこちらを振り向きました。ですが、わたしはもう恥ずかしいなどとは思いませんでした。

ちだね先輩が殺人を犯したとか、リンネ先輩が死んでしまったとか、意味不明すぎて腹が立ってきました！

ちだね先輩は声を潜《ひそ》めて、つらそうに、あえぎあえぎ言いました。

「ほんとうなの。わたしが、リンネくんを、屋上から……突き落としたのよ」

嘘《うそ》をついているような気配はありません。わたしはいら立ち、ボディがきしむくらい、携帯電話を握りしめました。

何でしょう、これは。今度やるお芝居の話でしょうか？　それともドッキリ？　先輩一流の冗談《じょうだん》？　だとしたら、悪趣味《あくしゅみ》にもほどがあります！

怒りに震えるわたしをよそに、ちだね先輩は勝手な告白を続けました。

「知ってるでしょう？　わたしは、学園のことなら何でもわかるの。おばあさまが理事長だから……いろいろ便宜《べんぎ》もはかってもらえる。わたしが泣きつけば、おばあさまは何でもしてくれるのよ。そうやって……ずっと……隠してきたの」

隠す？　何を？

わからない！　わからない！　わからない！　わからない！

握りしめたこぶしの上に、熱いしずくが落ちました。それはわたしの涙でした。未熟《みじゅく》なわたしは感情が制御《せいぎょ》できず、いつの間にか泣き出していたんです。

「……どうして、そんなこと言うんですか？」

ちだね先輩もまた、涙ぐんでわたしを見ました。

わたしは我慢できなくなり、低くおし殺した声で先輩をなじりました。

「最低です、先輩！　どうしてそんなひどいことが言えるんですか……⁉　リンネ先輩は死んでなんかいません！　生きています！　それに、ちだね先輩は絶対に人殺しなんてしません！　もう——わけがわかりませんっ！」

ついに、しゃくり上げてしまいます。

嗚咽を噛《か》み殺《ころ》すわたしを、ちだね先輩は無言で見守っていました。

「黙ってないで、何か言ってください……全部、冗談だよって言ってください！」

「……あのね、わたしが……あの部を作ったのはね」

唐突《とうとつ》に、そんな話を始めます。

わたしは驚きましたが、ひと言も聞き漏らすまいと、耳をそばだてました。

「藺のため、なの」

「……知っています」

「知ってないよ。わたしがしていたことを、あなたは何も知らない。わたしが藺の生贄《いけにえ》を確保しようと、躍起《やっき》になっていたことも」

「生贄……って何ですか？　先輩、またわからないこと言ってる！」

「……ゲスいよね、わたし」

先輩は微笑みました。それは疲れきって、やつれ果てた、砂漠《さばく》のような微笑みでした。そこにはもう優しさも明るさもなく、ただ自己嫌悪《じこけんお》だけが浮かんでいました。

「最低で最悪で――ううん、どんな形容詞《けいようし》もわたしには足りない。わたしのやってきたことは、憎《にく》まれて、呪《のろ》われて、蔑《さげす》まれて当然のことだから」

そっと目線を上げ、わたしを見詰めます。

「でも、これだけは言っておきたいの。……信じて欲しいの」

「何を……ですか？」
「わたしも絶対、向こうに行くから。そう遠くない未来に、必ず」
誰が見ても無理をしたとわかる、痛々しい笑顔。
涙がこぼれて、先輩の頬をすべり落ちました。
こぼれ落ちた涙を、わたしは無意識《むいしき》に目で追って――
目の前のカップに、ふと、焦点《しょうてん》が合いました。
金属製のカップ。磨き上げられ、鏡みたいに光を反射する、おしゃれなカップ。
そこに、見覚えのある女の子が映り込んでいました。
おや、と思いました。だって、それはユーリ先輩の顔だったんです。
どうして、鏡みたいなカップに、先輩の顔が映っているんでしょう？
プリント……なわけはありません。一番奥の席なので、後ろは壁です。テーブルには
わたしとちだね先輩の二人きりですし……。
わたしはコップに顔を近付け、やっと、ひとつの可能性に思い至りました。
これは――
わたし？
わたしなの？
わたしが……あたし？

あたしで……わたし……あたし……？

頭の中が灼熱《しゃくねつ》し、真っ白になりました。

あれ？　どうして、あたしが、ユーリで、ヒナの……あれ？

だって、あたしがユーリのはずがない。あたしの手にはほら、ヒナのケータイがある。

このケータイはヒナの宝物だから、ヒナが持ってるわけだから、このケータイを持ってるあたしはヒナだから――

ヒナは学校にこなくて、外出が嫌いで、人間が嫌い。

繭のことが大好きで、繭のことなら何でも知っていて、ケータイに盗撮《とうさつ》データを残したりする、ちょっぴり変態《へんたい》な子。

だけど、いい子で。

行き過ぎるくらい謙虚《けんきょ》で、無駄に低姿勢《ていしせい》で。

傷つきやすい子だからこそ、他人の痛みには敏感《びんかん》で。

あたしはヒナが大好きだった。ヒナと一緒《いっしょ》の学校は、いつだって楽しかった。

ヒナのことを追っかけて、シスターになろうかと迷ったくらい。

でも、あんなことがあったから。

だから、ヒナは人間が嫌いになって――

……あんなことって、何だっけ？

その瞬間、あたしの目の奥に、鮮明《せんめい》な画像が浮かび上がった。
倒れている女の子。転がったケータイ。カメラのフラッシュ。
制服のスカートが広がって。女の子は血の泡《あわ》を噴《ふ》いていて。
——嫌だ！　思い出したくないよ！
あたしは頭を抱える。怖い。だめ。これ以上は……。
でも、一度開いた記憶のトビラは、容赦《ようしゃ》なくあたしに過去を見せる。
あたしはあのとき、錯乱《さくらん》していた。記憶なんて、完全に飛んでた。
ただ、怖くて。見てしまったものが、現実だと思えなくて。
倒れている女の子に駆け寄って、揺さぶって、脈《みゃく》を取ったところまでは覚えてる。
それから……それから、どうしたんだっけ？
……そうだ。ケータイを拾い上げて。
無我夢中《むがむちゅう》でシャッターを切った——
あたしは震える指で、ヒナのケータイを操作《そうさ》した。
画像フォルダをあちこち漁《あさ》って、お目当てのデータを探す。
ちゃんと、それは残っていた。
部室の暗がりの中。倒れている女の子。
死んでいる、女の子。

ヒナだった。

「はは……は……」

あたしの口から、そんな音が漏れた。

ひょっとしたら、それは笑い声だったのかもしれない。

思い出しちゃった……全部。

あたしはあの日、ヒナのケータイで死んでいるヒナの写真を撮った。それが、あたしにできる精一杯《せいいっぱい》のことだったから。

近くに殺人犯が——ヒナを殺した人がいるって、わかっていた。

あたしは逃げなくちゃならなかった。逃げなくちゃ、あたしも殺されちゃう。あたしが殺されちゃったら、ヒナの死を誰にも伝えられない。

だから、逃げた。ヒナのケータイを持ち出して。

でも……あたしはずっと、逃げた自分が許せなかった。

ヒナを置き去りにして自分だけ逃げたあたし。ヒナを護ってあげられなかったあたし。

そんなあたしが嫌いで、許せなくて、だから——

逃げたことを、なかったことに、したんだ。

それで、あたしってやつは。

つじつま合わせのために、ヒナの……フリをしていたの？

ヒナのケータイをいじって、自分や、リンネに、メールを送ってた……？

何それ、って思った。

何それ。最低。最低だよ。あたし、最低だ……っ！

親友が死んだのに逃げて。その上、忘れて。ヒナになりすまして。自分の心だけ守って。最低。最低最低。最低最低最低さささいいいってててい——

がしゃーん、と音を立てて、心が壊れた。

何だかよくわからないけれど、あたしはおかしくて。おかしくて。おかしくて。おかしくて。おかしくなって、笑い転げた。

おなかがひきつって、苦しくて、涙をこぼしながら。

あたしは一生ぶんも——ううん、人生の十倍くらい笑い続けた。

いつまでも、いつまでも。

救急車の中でも、笑い続けた。

第六話

反転攻勢ハネムーン

Q「新婚旅行で怖いこと」

一般的な女子高校生

「成田離婚」

世話好きの女子高校生

「やっぱり事故ね。
それから食中毒」

個性的な女子高校生

「留守中、実験室を
荒らされないか心配」

後ろ暗い女子中学生

「飛行機の手荷物検査です。
収監はちょっと……」

涙目の男子高校生

「……女子会プランを
勧められること」

1

鼓動《こどう》が止まった瞬間の、ひた……という冷たい感覚に驚いて、僕は目を覚ました。

あれほど壮絶《そうぜつ》だった痛みは、もう存在しない。

僕はぼんやりと視線《しせん》を巡《めぐ》らす。コンクリートの壁《かべ》。スチールの机に、パイプのベッド。見慣れたはずの自分の部屋が、不思議《ふしぎ》とよそよそしく感じる。まるで透明《とうめい》なフィルターを通したように、少しだけリアリティがない。

僕はベッドの上にいた。一〇センチほど浮いて、ふよふよ虚空《こくう》を漂《ただよ》っている。

「あきれた強運《きょううん》ね」

ひばりのさえずりのように透明《とうめい》な、聞き覚えのある声。

「哀《あわ》れなブタの分際《ぶんざい》で、またアッパーグラスに戻ってくるなんて」

振り向くと、アイの美貌《びぼう》が目に入った。玲瓏《れいろう》なんて難しい言葉がぴったりの綺麗《きれい》な顔で、僕を見下ろしている。

……戻ってきたらしい。僕に残された最後の希望、アッパーグラスに。

と、いうことは。

「まったく、皮肉《ひにく》な話よね？」

アイはぴょんと降りてきて、僕のまわりを舞《ま》うように回った。

「友達だと思ってた子が実は殺人鬼で、憧《あこが》れの先輩はその一味――口封《くちふう》じのために貴方《あなた》を殺しちゃうなんて」

僕の背中にもたれかかり、耳のすぐ後ろでささやく。しなやかな髪《かみ》が僕の鼻先をくすぐり、金木犀《きんもくせい》の蜜《みつ》みたいな、甘い匂《にお》いがした。

「ぶざまね。お笑《わら》い種《ぐさ》ね。最高に笑えるわよ。どっちも最悪の悪女だわ。……どうしたの？　黙《だま》ってないで、ブタはブタらしくブヒブヒ泣いたら？」

僕は無言で身を屈《かが》め、胸の内側で逆巻《さかま》く、どす黒い絶望《ぜつぼう》に耐《た》えていた。

「……何とか言いなさいよ」

アイの声音が変わった。なおも僕が黙りこくっていると、

「ちょっと！　そんなに落ち込まないでよ！　空気が重くなるわ！　ブタは何も考えず、ブヒブヒ言ってればいいのよ、ブヒブヒ！」

「ありがとう、アイ」

「な――気でも触《ふ》れたの⁉　脳の病《やまい》なの⁉」

僕は重たい首を持ち上げ、どうにか気持ちを盛り上げて、アイに笑いかけた。

「僕を励《はげ》ましてくれたんだろ？」

とっさに言葉が出てこなかったらしい。アイは屈辱《くつじょく》と羞恥《しゅうち》に頬《ほお》を染め、

「あきれた勘違《かんちが》い！　どういう脳のつくりしてるの！　何でわたしが貴方みたいなブタを慰《なぐさ》めなくちゃならないのよ？　理屈《りくつ》に合わない妄想《もうそう》よ！　私を愚弄《ぐろう》してるわ！　ブタフィジカルの世界よ！」

「形而上学《けいじじょうがく》は、メタフィジカルだからね⁉」

先ほどまでの絶望はどこへやら、僕は思わず噴《ふ》き出《だ》した。

アイはますます怒って、柳眉《りゅうび》を逆立てた。

「何がおかしいの⁉」

「アイは慰めてくれてたのか。ちなみに僕は『励ます』って言ったんだよ」

「〰〰〰〰〰〰」

耳まで赤くなる。可愛《かわい》いなと思った瞬間、閃光《せんこう》が僕を弾《はじ》き飛《と》ばした。

今まで食らった中で、もっとも強烈な一撃《いちげき》だった。たぶん、トラックに轢《ひ》かれたくらいの衝撃《しょうげき》だ。僕はぐるぐる回転しながら、壁《かべ》を突き抜け、屋根を突き抜け、となりの区画《くかく》にまで吹っ飛んでいった。

生身の体だったら、間違いなく全身が複雑骨折《ふくざつこっせつ》。でも幸い、僕はとっくに死んでいて、青アザのひとつもできなかった。

「ひどいな！　何するんだよ！」

怪我《けが》はないけど、痛みはある。僕は涙目で抗議《こうぎ》した。

アイはむすっとふてくされた顔で屋根から抜け出してきた。オーラ的な髪の毛をゆらゆら逆立てながら、あさっての方をにらむ。

「ブタが珍《めずら》しくヘコんでると思って気を回してあげたのに、損《そん》したわ！」

「大丈夫、僕はまだ折れてない。落ち込みはしたけどね」

「……思ったよりタフね。開き直ったの？」

「希望を見つけたんだ」

「希望？」

「ねえ、アイ。世界改変《かいへん》に成功すれば、すべてが書き換わるんだよね？　繭《まゆ》がしでかした連続殺人も、なかったことになるんだろ？」

「……それは難しい問いだわ」

思慮深《しりょぶか》い哲学者《てつがくしゃ》のような目をして、アイは静かに答えた。

「改変された世界《テイク2》と改変前の世界《テイク1》は違う。でも――人間の心とは不思議なものね。ここにいる貴方も貴方なら、三次元の貴方も貴方。改変後の世界にいる貴方も貴方。どれも確かにつながっているの」

「つながって……？」

「悪夢のようなものよ。おぼろげに、記憶の片隅《かたすみ》に、残像《ざんぞう》が残るわ」

「――――！」

「記憶の混濁《こんだく》や〈混線《こんせん》〉が起こることはある。ふとした瞬間に、デジャヴのように思い出すのよ。テレパスとか、予知とか、前世《ぜんせ》の記憶ととらえる者もいるわ」

「リアルすぎる悪夢みたいなもの？　よくはないけど、それくらいなら……」

「ときには、それが原因で心を病む者もいる」

「何だって⁉」

心を病むほどの影響力があるなら、『悪い夢』で済ませられる話じゃない。

アイはそっと、つつましい胸に手を当てた。

「傷は癒《い》えても、傷痕《きずあと》が残ることはあるのよ。つらい記憶は特にね。殺人の記憶のような、強烈《きょうれつ》な記憶は――傷も深い」

「どうして記憶が残るんだよ？　だって、『起こらなかった』ことだろ？」

体験していないできごとが、どうして記憶として残るのか。

「殺人事件が起きなかったのに、殺人の記憶が残る――物理的《ぶつりてき》におかしいじゃないか。人間の意識だって、化学物質《かがくぶっしつ》と電気信号でできてるんだよ？」

「いいえ、物理的に正しいのよ」

アイはデキの悪い教え子を諭《さと》すように、ゆっくりと言葉をつむぐ。

「改変前と改変後——二つの世界は完全に断絶《だんぜつ》しているわけじゃない。だって貴方は、改変前の世界からやってきて、改変後の世界に帰るのだから」

僕という〈改変者〉を共有している以上、世界はどこかでつながっている？

「証明されてはいないけれど、〈多世界解釈《たせかいかいしゃく》〉という言葉を知ってる？」

成績優秀《せいせきゆうしゅう》とは言《い》い難《がた》い僕だけど、不確定性原理《ふかくていせいげんり》の話は聞いたことがある。

不確定性原理は量子論《りょうしろん》の基礎《きそ》で、『位置が決まれば運動量が決まらず、運動量が決まれば位置が決まらない』とかいうアレだ。

僕には理解できない理屈だけど、本当に小さい粒子《りゅうし》は、同じ瞬間にいろいろなところに存在できるらしい。一定の範囲《はんい》に広がるもやみたいなもので、一個の粒子が範囲全体に同時に存在する——それぞれの状態が〈共存《きょうぞん》〉してるそうだ。

それを誰《だれ》かが〈観測《かんそく》〉し、「粒子はここにある」と認識《にんしき》した瞬間、ほかの状態が共存できなくなり、粒子が存在する位置は一点に決まってしまう。

じゃあ、ほかの存在状態はどこに行っちゃったのか？

一つの考え方として、多世界解釈——平行世界《へいこうせかい》って考え方がある。ほかの存在状態は全部、別の世界で今も存在し続けていて、認識できないだけだと。

昨日、アイは『アッパーグラスが誘導《ゆうどう》できるのは「あり得た」世界だけ』だと言っていた。あり得た世界ってのはたぶん、もともと〈共存〉してるんだ。

僕がアッパーグラスで〈観測〉し、〈認識〉したことが、この世界の真実になる。

でもそれは、ほかの世界を破壊《はかい》したことにはならない！

殺人鬼の繭が存在する世界も、どこかに残る……!?

目の前が真っ暗になった。

僕がおかしな世界を作ってしまうと、たとえその世界を消したとしても、記憶の一部が残ってしまう。だとしたら——昨日、僕がユーリを死なせちゃったことも、ユーリの精神に影を落とすことになる！

「……過去に戻るのは、一旦《いったん》中止だ」

アイはきょとん、とした。普段から隙《すき》のない彼女がそんな無防備《むぼうび》な顔をすると、ほかの子の場合の三倍くらい可愛く見える。

「世界を変えないの？」

「変える。でも、まずは今の世界で、ユーリの安全を確保する」

「どうして、そんな無駄《むだ》なことを？」

「ユーリはああ見えて、怖がりで、神経《しんけい》が細いんだ。ちだね先輩や繭に殺されるなんて、たぶん一生モノのトラウマになっちゃうよ。だからまず、ユーリの安全を確保したい。僕が過去に戻っているあいだ、殺されずに済むようにね」

「悠長《ゆうちょう》なブタね……。当面の安全って、一体どうするのよ？　あの子は毎日学校に通うんだし、殺人鬼とも仲良しなのよ。一日だって護れやしないわ」

「何とかするさ。ユーリは僕の義妹《いもうと》なんだ。妹を護るのは兄貴《あにき》の務めだ」

「ふん、かっこつけちゃって。むかつくブタね。でも……」

言いよどむ。アイはひどく言いにくそうに、口の中でつぶやいた。

「ひと足、遅かったかしら」

「え？　どういう意味？」

「その……貴方が悠長に、ブタ寝入《ねい》りしているあいだにね……」

「そんな言葉初めて聞いたよ！　っていうか、狸寝《たぬき》入りでもないからね⁉」

口で言うより早いと判断したのか。アイは僕の腕をつかみ、とんっと跳躍した。

時空の奔流《ほんりゅう》に躊躇《ちゅうちょ》なく飛び込む。あたりの光景はすぐに一変した。見えている場所や時間が次々と切り替わる。この現象にも、そろそろ慣《な》れてしまった。

やがて世界は安定を取り戻し、僕とアイを別の場所に着地させた。

目の前にあったのは、世間から隔離《かくり》されたような、静かな建物。

街中《まちなか》にあるのに、敷地《しきち》はうっそうとした木立《こだ》ちで囲まれ、金網《かなあみ》つきの塀《へい》で囲まれている。白い外壁は無機質《むきしつ》で、全然飾り気がない。建物の窓は全部が全部はめ殺しで、鋼線《こうせん》入りの強化ガラスだった。

病院、だろうか。一種異様《いっしゅいよう》なその病院に、アイはためらわず近付いていく。僕もその後ろについて、空中をてくてく歩き、白い壁をすり抜けた。

まったく匂いのしない、清潔すぎる病室に——

「ユーリ！」

死んだように眠る、ユーリの姿があった。

ぐったりとベッドに横たわっている。自慢の髪はほどけ、着ているものは病衣。点滴《てんてき》の管《くだ》が腕から伸び、顔色は病的なほど青白い。

胸から首にかけて、包帯《ほうたい》が巻かれている。

「手術のあとよ」

「手術……？」

「胃洗浄《いせんじょう》だけじゃ足りなくてね。でも、ひどいのは体じゃないわ。精神《こころ》の方が完全に壊《こわ》れちゃってるの。ひょっとしたら、もう目覚めないかも……」

「何……だって……⁉」

「嘘《うそ》じゃないわよ。さっき、その子の母親っていうのが医者の説明を受けて——」

僕は自分が四次元人であることも忘れて、ユーリのベッドに駆《か》け寄《よ》った。触《さわ》れもしない義妹の肩を必死に揺《ゆ》さぶろうとする。

「何があったんだ、ユーリ！　おい！」

「……気になるなら、時間を戻して、自分で見てみればいいわ」

アイの言う通りだ。僕は目を閉じ、ユーリの時間を巻き戻した。

2

妹を護るのは兄貴の務め——それがどれだけむなしい言葉か、僕は思い知った。

ユーリが部室に行こうとしたのを、僕は『押す』ことで妨害《ぼうがい》した。その試みは成功した。でもそれは、破滅《はめつ》の訪れを遅らせただけだった。

「まあ、よくやった方だと思うわ」

落ち込む僕を見かねたのか、アイが慰めを言う。

「今回は毒を飲まされなかっただけ儲《もう》けものよ。壊れたのは精神だけだわ」

僕の目の前には、先ほどと同じように、死んだように眠るユーリがいる。

包帯は巻かれていない。僕が『押した』結果、ユーリは繭に毒を飲まされずに済んだ。でも、ユーリの精神が崩壊するのを、止めることはできなかった。

泣きながら笑い続けるユーリの姿が、網膜《もうまく》に焼きついて離れない。

……もうずっと前から、ユーリは正気じゃなかったんだ。

四か月前、雛子《ひなこ》の死がユーリを壊した。

僕よりもずいぶん早く、ユーリは繭の犯行にニアミスしていたらしい。ユーリは雛子の死を受け止められなかった。だから、その記憶を自分で消した。

皮肉《ひにく》なことに、そのおかげでユーリは今日まで殺されずに済んだ。繭とちだね先輩は証拠品――〈雛子の携帯《けいたい》〉を誰が持ち去ったのか特定できなかった。

ユーリはときどき、ごく短い時間だけ、雛子の人格に切り替わっていた。

何度もメールを受け取っていたのに、僕は全然気付かなかった。雛子のメールを疑いもしなかった。さっきの映像で見たように、本当はユーリが操作してたのに！

本当に、あきれるくらいバカ野郎だ、僕は。

でも――打ちひしがれている暇《ひま》はない。

立ち止まって自分を責めていても、僕の自虐《じぎやくしん》心が満たされるだけだ。

がばっと顔を上げると、アメジスト色の瞳《ひとみ》がすぐ近くにあった。

アイはびくっとして飛《と》び退《の》いた。あわてて平静な表情を取《と》り繕《つくろ》う。

「ふ、ふん、ブタは立ち直りが早いのね。精神構造《せいしんこうぞう》が単純なのね」

「僕のことなら心配はいらない。むしろ、やっと覚悟《かくご》が決まったよ」

「自惚《うぬぼ》れないでブタ。私が貴方の心配なんかするわけないでしょう？　それより、貴方が言ってた『希望』って何？　それはまだ残っているの？」

「残ってるよ。希望ってのはつまり、〈最初の世界〉だと思っていたこの世界は、本当は誰かに改変された――〈テイク２〉の世界だってことさ」

「……どういうこと？」

「繭は快楽殺人者なんかじゃないし、ユーリの精神は健康だったし、ちだね先輩はいくら繭をかばうためでも、人殺しに手を貸すような人じゃない。繭があやまちを犯したら、誰よりも厳しく、でもあたたかく、それをただそうとする人なんだ」

アイの絶世《ぜっせい》の美貌に、見る見る失望の色が浮かんだ。

「……あきれたわね。そんなの、貴方の勝手な押しつけじゃない」

「でも、根拠《こんきょ》はあるんだ。第一に、先輩たちが『あまりにも普通すぎた』ってこと」

僕たちの日常は、あまりにも穏《おだ》やかで、優しすぎた。

「殺人を犯したり、その秘密を守ったり――そんなストレスたっぷりの日常が、あんなに穏やかなはずがない。君の言う〈混線〉だと思う。僕たちはつい最近まで、普通に日常を送っていた――その記憶が残っていたんだ。ほんの少し前まで――ひょっとしたら数日前まで、〈も女会《じょかい》〉は僕の知っている〈も女会〉だったはず」

「それも貴方の思い込みよ。根拠にはならないわ」

「君は言ったね。アッパーグラスに立てるのは、『押し出された』人間だけだって」

それだけで、アイは僕の真意《しんい》を悟《さと》ったようだ。

僕は大きく首を上下させ、最大の根拠を口にする。

「僕が最初に四次元人になったのは、繭の事故で死んだから。だとすれば――」

「あの事故そのものが、世界にとって〈不適切《ふてきせつ》〉だった?」

「繭は化学が大好きだけど――ギリギリ、こっち側にとどまっていたはずだ。それでも、繭の実験好きや、自由奔放《じゆうほんぽう》なところはもともとの性質。上手くそそのかせば、危険な薬品を扱うように『押す』ことは可能じゃないかな?」

「彼女の性質につけ込んだ、というわけね」

「うん。過去世界で何度も働きかけて、少しずつ感覚を麻痺《まひ》させれば……」

「やがて本当に危険な毒物に手を出す……?」

アイは僕をまじまじと見つめ、感嘆《かんたん》の息をついた。

「驚いたわ。ブタのくせに、ニワトリくらいの賢《かしこ》さはあるのね」

「ブタはニワトリより賢いからね⁉」

「黙りなさいトリ頭。……でも、貴方の言う通りだわ。最初に貴方がここを訪れたのは誰かに『押し出された』結果。貴方の死は、世界にとって不自然な事象《じしょう》なのよ」

澄んだ声で、淡々《たんたん》と思考を整理していく。

「貴方の死因は繭が作った。二度目はちだねに殺された。どちらも必然《ひつぜん》ではなく、誰かの作為的《さくいてき》な改変が原因……」

「つまり、これは誰かが改変した世界だ!」

「そう――貴方と同じ、ネオ・オルガノンの力でね」

顔面に鉄拳《てっけん》を叩《たた》き込《こ》まれたような気がした。

「四次元人が……ほかにもいるの？」

「自分が特別だと思っていたの？　押し出された人間は誰しもオルガノン・ダイバーとなり得るのよ。貴方のほかにも存在するわ」

オルガノン・ダイバー。『ざっくり言って四次元人』のことか。

「じゃあ……ユーリや雛子も……アッパーグラスに⁉」

「どこかにいるかもね。ブタには認識できないでしょうけど」

「何でだよ⁉　いるんだろ、どこかに！」

僕は病室を飛び出して、病院の屋上《おくじょう》に上がった。街を見渡し、二人を探す。この僕と同じように、四次元人となってさまよっているだろう二人を。

「無駄よ。見てわかるような状態じゃないわ」

僕の背後にふわりと浮いて、アイは冷たく言い捨てた。

「想念《そうねん》の海で自我《じが》を保つのはとても難しいこと。二人はおそらく、記憶も自意識も融《と》けてしまっているわ」

「どういう意味だよ⁉」

「貴方が貴方でいられるのは、貴方が貴方自身を認識しているから」

「僕が――僕を？」

「自分が誰で、どういう存在なのか、二人にはわからなくなっている。だから、どこかに存在してはいるけれど、極《きわ》めて無に近い存在形態《そんざいけいたい》なの」

ふっと自嘲《じちょう》めいた笑みを浮かべる。そんな綺麗な自嘲は初めて見た。

「とにかく、貴方のほかにも四次元人はいる。そして、世界を変えることができる」

「……じゃあさ、僕が過去を変えられるのは、別に君のおかげってわけじゃなかったんだね？」

むっと、アイの眉間《みけん》に亀裂《きれつ》のようなしわが寄った。

「ブタは恩義《おんぎ》を理解しないから嫌なのよ。この私がいればこそ、貴方はネオ・オルガノンに目覚めた。死者の大半は何もわからず、永遠に彷徨《さまよ》うだけなのだから。恩知らずのブタには、ブタに相応《ふさわ》しいお仕置きが必要じゃないかしら……？」

「ストップ！　してます！　感謝してます！」

今にも衝撃波《しょうげきは》を繰り出しそうなアイをなだめ、僕は結論を口にする。

「ともかく、この世界は誰かに改変されたものだ。僕の死が『押し出された』結果で、繭の連続殺人が誰かの『押した』結果なら――」

間違いなく、僕は。

「取り戻せる。僕の世界を。あるべき日常を！」

それが、『希望』だ。僕に残された唯一《ゆいいつ》の、そして絶対の。

アイは教え子の成長を喜ぶ教師のように、ふわっとやわらかく口元をゆるめた。

「だったら、せいぜいあがいてみなさい」

「言われなくたって！」

僕は目を閉じ、もう一度、〈想念の海〉とやらに飛び込んだ。

3

激しい流れの中、僕は一心不乱《いっしんふらん》に突き進む。

目指す先は繭の過去。脳内では、繭のイメージが繰り返し再生されている。現在よりも幼《おさな》い繭。子どもの繭。殺意に目覚める前の繭――

繭の殺人衝動を覚醒《かくせい》させた、きっかけとなる事件。いまだ片鱗《へんりん》さえつかめないそれを、僕は感覚を研ぎ澄まして、この広大な海から見つけ出そうとする。

始めのうち、僕が引き当てたのは、日常の何気ない光景ばかりだった。

それも、入浴シーンや着替えシーンばかり。アイにさんざん罵倒《ばとう》され、衝撃波を食らいながら、それでもあきらめずに探索《たんさく》を続ける。

半日以上続けていると、だんだんコツがつかめてきた。

繭の憎悪《ぞうお》や憤怒《ふんぬ》の感情には、色がある。想念の流れが黒くよどんだり、赤く濁《にご》ったりする。その濃度《のうど》が濃い方向に、藺にとってつらい記憶があるのだ。

数キロ先からも血の臭《にお》いをたどるという、人喰《ひとく》い鮫《ざめ》にでもなったような気持ちで、僕は赤黒い感情の糸を追い――やがて、決定的な場面にたどりついた。

最初に僕たちが認識したのは、真《ま》っ赤《か》に染まった床《ゆか》だった。

夕刻《ゆうこく》か。金色の光が白いカーテン越しに差し込み、室内を満たしている。

二〇畳近い広さのリビング。白いL字ソファに、水玉模様《みずたまもよう》みたいな、赤い斑点《はんてん》が飛んでいる。白かったはずの絨毯《じゅうたん》は染め上げたように赤く、ぬらぬらと光っていた。

血だまりの中に、女性がうつ伏せに倒れている。

墨《すみ》を流したような、見事な黒髪。すっきりと細い、はかなげな顔立ち。事切れているのに美しい。その人に僕は見覚えがある。

暴れ出す心臓《しんぞう》を左手で押さえ込みながら、僕はさらに観察《かんさつ》を続ける。

次に視界《しかい》に入ってきたのは、二人の女の子だった。

一人は黒髪。不安になるくらい無表情で、ぼんやり立《た》ち尽《つ》くしている。顔の造作《ぞうさく》に、倒れている女性の面影《おもかげ》があった。そんな彼女を、もう一人の女の子――こちらは金髪《きんぱつ》に近い栗毛《くりげ》――が抱きしめ、この場から遠ざけようとしている。

パッと見てわかる。これは藺と、ちだね先輩だ！

小学校低学年くらいだろうか。二人はこの頃から友達だったんだ……。

死んだ女性の向こうで、大人が二人、もみ合っている。

一人は金髪の女性。髪を振り乱し、包丁《ほうちょう》を振り回している。

女性と格闘《かくとう》しているのは、この場でただ一人の男性だ。包丁に裂かれ、腕やわき腹を負傷している。シャツにべったりと血が透《す》けていた。

女性が男性を振りほどき、包丁を振り上げる。そのまま、刀剣《とうけん》のように振り下ろす。男性はかわしたけれど、血だまりで足がすべった。

女性はその隙を見逃《みのが》さない。包丁を両手でつかんで、体ごとぶつかっていく。

切っ先は、尻餅《しりもち》をついた男性の、右の眼球《がんきゅう》をとらえた。

男性は暴れた。ただし、一瞬だ。あまりの激痛《げきつう》で意識が飛んだらしく、まるで電池が切れたように、動くのをやめる。

動かない男性に、女性は馬乗りになる。

刺す。刺す。刺す。刺す。えぐる。刺す。刺す。ねじって、刺す。刺す。刺す――

滅多刺《めったざ》し。その光景を、繭は人形のようにからっぽの眼《め》で眺めている。

「繭！　だめ！　見ちゃだめ！」

ちだね先輩が我に返り、繭の小さな頭を抱き抱える。それでも、繭は先輩の肩越しに、凄惨《せいさん》な殺人の光景を見つめ続けていた。

やがて死体を二つもこさえた女性は、美しい顔に狂気《きょうき》を宿し、返り血を滴《したた》らせながら、こちらを——繭の方を振り返る。

悪魔のように見えたその人は——ちだね先輩のお母さまだった。

そんなバカな！　こんなことをする人じゃないぞ！

先輩そっくりの、ぽわぽわの笑顔が印象に残っている。虫も殺せないようなあの人が、こんな酷《ひど》い殺人を犯したっていうのか……!?

どんなふうに『押して』やれば、あの人にこんなことをさせられるんだ？

驚愕《きょうがく》しているうちに、ちだねママは僕をすり抜け、繭の方に踏《ふ》み出《だ》した。

「お母さま、やめて！」

ちだね先輩は両手を広げ、立ちふさがって繭をかばう。

刃《やいば》が繰り出され、ちだね先輩のおなかに刺さった。

「ちだね先輩！」

僕は思わず飛び出してしまう。でも、もちろん無駄だ。僕の手は幼い先輩の小さな体を透過《とうか》して、むなしく宙を泳ぐだけ。

先輩はおへそのあたりを押さえている。出血は止まらない。けっこうな深手《ふかで》だ。

こないだの〈水遊び〉のとき、水着コレクションにビキニがなかった理由——

準備室を更衣室《こういしつ》代わりに使っていた理由——

それはたぶん、これが原因だ。先輩は傷跡《きずあと》を隠してたんだ！

……いや、でも、おかしい。僕はどこかで、先輩のおへそを見たはずだ。

そのときは、先輩のおなかに傷痕なんてなかったはず……。

記憶がダブる。くそっ、これが〈混線〉か！

ちだねママは今度こそ繭を仕留《しと》めようと、血まみれの包丁を振りかざした。

繭は逃げようともせず、がらんどうの瞳で、魅入《みい》られたように包丁を見ている。

「やめて……お母さま……どうして……こんなことするの……？」

ちだね先輩に問われて、ちだねママの手が止まった。

実の母親に刺された先輩が、それでも繭を護ろうとして、健気《けなげ》に訴《うった》えかけている。

「お父さまが……繭のお母さまが、嫌いだったの……？」

……そうか。そこで死んでいるのは、ちだねパパと繭ママなのか。

「嫌い、かって？」

殺意を殺《そ》がれてしまったのか、ちだねママはゆっくりと包丁を下ろした。

ゆっくりとかぶりを振る。ゆるふわの髪が揺れ、血のしずくが飛ぶ。

「いいえ、千種《ちぐさ》。嫌いじゃなかったわ。わたしは二人とも大好きだった。愛していた。とても、とても好きだったのよ。だから――」

くすっと可愛らしい笑みをこぼす。

「愛していたから殺したの」

くすくす、くすくす。ちだねママはうっとりとして微笑んだ。

「おかしいわね。ふふ。おかしいね、千種。ふふふ」

繭はただ、ちだねママの笑顔に見とれていて。

ちだね先輩は泣《な》き崩《くず》れ、血だまりにうずくまる――

4

「なんで……こんな……」

激しい吐《は》き気《け》と戦いながら、僕は無意味な言葉を吐いた。

「こんなことが……起こったんだ……？」

いや、問題はそこじゃない。この事件が繭の目の前で起きた――そこが重要なんだ。

この光景が繭の心を狂わせて、殺人衝動を植えつけた？

自分の父親が惨劇《さんげき》の原因を作ったから、母親が繭ママを殺してしまったから、ちだね先輩は徹底的《てっていてき》に繭をかばい、共犯になってまで、繭を護ろうとしているのか？

先輩が男性不信気味なのも、繭が殺人衝動を抱えているのも、これが原因……。

「くだらないわね、人間なんて」

汚《けが》らわしいとでも言いたげに、アイは冷たく切り捨てた。

「自分より相手の方が価値があるという現実を受け止められず、捨てられたと言って腹を立て、愛していたはずの者を憎み、あげく殺してしまうなんて」

「……そんな単純な話じゃないよ」

「なら、確かめてみればいいわ。どうせ痴情《ちじょう》のもつれよ」

「……やってみる」

僕は吐き気をこらえ、両目を閉じた。時空の奔流《ほんりゅう》に溺《おぼ》れそうになりながら、ちだねママの時間を巻き戻す。

やつれて見えるちだねママは、時間を戻せば戻すほど、綺麗に、明るく、元気になっていく。逆に言えば、時間が進むほどやつれていた。

その原因は、アイの言った通り、ちだねパパの浮気《うわき》だった。

ちだねパパは、ちだねママの目を盗んで、繭ママと密会《みっかい》を繰り返していた。

何てことだ。これじゃ本当に痴情のもつれじゃないか……。

僕は視点を変え、今度は繭ママの過去を探った。

他人の不実な逢瀬《おうせ》をのぞき見するのは、あまり気分のいいものじゃなかった。

繭の家は母子家庭《ぼしかてい》らしい。だけど、繭パパはけっこうな額《がく》の遺産《いさん》を遺《のこ》したみたいで、惨劇の舞台になったあの家は、外観も内装もハイレベルな豪邸《ごうてい》だった。

繭ママは体が弱く、働きには出ていない。不倫《ふりん》にのめり込む前は、家にひとりぼっちで、やり過ごすように日々を生きていた。たまの楽しみはちだね先輩の家にお呼ばれすること。ちだねママの前でだけ、繭ママは楽しそうに笑う。

そんな、ちょっと寂《さび》しい、でも平穏な日常を破壊した〈きっかけ〉は――

今、繭ママは携帯を手に考え込んでいる。

画面には書きかけのメールが表示されていた。文面が気に入らないのか、書いては消してを繰り返し、なかなか送信しない。表情の変化に乏《とぼ》しく、要領《ようりょう》が悪い――そんなところは繭そっくりで、見ていて微笑ましくなる。

悪いとは思ったけど、僕は画面をのぞいてみた。

そして、赤面した。

『あなたが好きでした。高校生の頃から、ずっと』

そんな、ラブレターみたいな文面が、画面いっぱいに表示されていた。

宛先《あてさき》はもちろん、ちだねパパ。

繭ママとちだねパパは同窓生だったのか……。繭ママとちだねママもその頃から友達らしいので、三人そろってエスニカ誠心学園《せいしんがくえん》に通っていたようだ。

僕たちと同じくらいの頃、僕たちと同じような日常を送っていたのかもしれない。

繭ママははっとして、それから見る見る赤くなった。

自分がしようとしていることが、急に恥ずかしくなったようだ。たぶん、大人の分別《ふんべつ》というやつだ。繭ママは自嘲《じちょう》っぽく笑って、メールを消去しようとした。

その手が、不意に止まる。

繭ママの黒い瞳が、魔力にとらわれたように、画面を見つめている。

うん、うん、としきりにうなずく。

まるで、僕には聞こえない、誰かの声を聞いているみたいな——

「誰かに押されてるわ」

僕の耳元でアイがささやいた。今まさに思っていた通りのことを言われて、ぎくりと身をすくめた瞬間、繭ママはすごい勢いでメールを打ち始めた。

はっきり、押されている！　とんでもなく強い力で！

一体、誰の仕業《しわざ》なのか。第三者の姿は見当たらない。そのうちに、繭ママは祈るような仕草《しぐさ》をして、送信ボタンを押してしまった。

こうして大人同士の道ならぬ恋が始まり——

それはちだねママの狂気を呼び——

凄惨な事件が起きて——

繭という殺人鬼が生まれた。

「ぶざまね。滑稽《こっけい》だわ。一通のメールが、あんな怪物《かいぶつ》を生み出すなんて」

「……ぶざまって言うなよ」

「こんな程度のことで、世界が一変するなんて。貴方のくだらない日常を、あんな愉快《ゆかい》なものに変えてしまうなんて。実にぶざまね。ぶざまだわ――」

「言うな！」

アイは愉悦《ゆえつ》の笑みを浮かべ、視線《しせん》で僕をなぶってくる。

「あら、怒ったの？　本当のことを言われて、八つ当たりがしたくなったの？」

「……ごめん。でも、少し静かにしてくれ」

「何なら、もっと言ってあげましょうか？　ぶざまぶざまぶざまぶざま！」

僕が黙っていると、アイは次第《しだい》に勢いを失くした。

「……ちょっと、悪ふざけが過ぎたわ」

そっぽを向いて、そんな反省まで口にする。僕の緊張《きんちょう》は一気にゆるんだ。

「君ってけっこう、優しいところがあるよね」

「はあっ⁉　愚《おろ》かね！　ブタみたい人間は思い込みもブタなみに激しいわね！」

「ブタって思い込み激しいの⁉　初めて聞いたよ！」

「貴方のことなんて私は気にかけてないわ。ブタ以上の存在とは思ってないし――まあブタ以下でもないけど――とにかくブタな勘違《かんちが》いはやめることね！」

忌《い》ま忌《い》ましげに指で僕の胸を突く。長い爪《つめ》が食い込み、かなりの痛さだったけど、それは同時にこそばゆいような、ちょっと嬉しい痛みだった。

「ねえ、アイ。ずっと聞きそびれていたんだけど」

「……何よ、また質問？　ブヒブヒと質問の多いブタね」

「君は誰なの？」

「莫迦《ばか》な質問。言ったはずよ。わたしはアッパーグラスの導き手――」

「そうじゃなくて。君はどうしてここにいるの？　いつから？　何のために？　何故《なぜ》、僕を助けてくれるの？」

紫の瞳をのぞき込む。彼女の心をのぞきたくて。

アイはしばらく僕の眼を見ていたけれど、飽きたように視線をそらした。

「私は貴方を助けているわけじゃないわ。ただ知識を授けているだけ。なぜなら、それがアイ・ド・ラの存在理由だから。そのために、私はずっと前からここにいる。わたしが誰か、どうして生まれたのか、そんなことは神さまにでも聞いてみればいい」

唾棄《だき》するように言う。まるで神さまを呪《のろ》っているような口ぶりだった。

「それで？　それがどうしたのよ？」

僕は答えられず、恐るべき考えに震えていた。

めまぐるしく浮かび上がる思考の断片。甦《よみがえ》る記憶。それはうねりとなり、渦《うず》を巻き、僕の脳内ハードディスクを瞬間的にデフラグする。

手がかりは、たくさんあった。

ひょっとして僕は――大変な思い違いをしていたんじゃないか？

「何を考え込んでるのよ。世界改変の原因はわかったのよ？　今見た〈不倫の始まり〉メールを妨害すれば、万事解決ってことでしょう？」

「うん……きっと、そうだね」

「わかってるなら、さっさと世界を変えなさいよ！」

「いや、変えない」

アイはぽかんとした。脳内ハードディスクに永久保存したいくらいイイ顔だ。

「どうして⁉　貴方、そのためにブヒブヒ努力してきたんでしょう⁉」

「さっきのメールを妨害すれば、僕はたぶん生き返る。僕がよく知ってる――繭が殺人鬼じゃない日常に戻れると思う」

「なら、そうすればいいじゃない！」

「でも、それじゃだめだ。それじゃ、根本的な解決にならない」

「根本……？　どういうこと？」

「……少し考える時間が欲しい」

「何を悠長なことを言ってるの……⁉」

アイは頭痛をこらえるように、ひたいを押さえた。

「言ったでしょう？　今の世界の記憶はね、どんなに上手に改変したって、あの子たちの精神《せいしん》に影を落とすのよ。理屈で考えればわかることじゃない。あの世界《テイク2》で過ごす時間が長いほど傷は深くなる――貴方の義妹《いもうと》だって！」

「ねえ、アイ。お願いがあるんだ」

「今度は何よ！」

「しばらく、君の家に泊めて」

たっぷり五秒、アイのＯＳはフリーズした。

再起動した途端、頭上に無数の疑問符が浮かぶ。

「はぁ？？？？？？？？？？？？？？」

「しばらく一緒に暮らそう」

「何を言い出したわけ……？　まさか――あの子たちだけじゃなくて、この私まで毒牙《どくが》にかけようっていうの？　最低の変態ブタね！　ブタすぎるにもほどがあるわ！」

「毒牙になんてかけてないからね⁉　誰一人としてかけてないからね⁉」

とりあえず突っ込んでおいてから、僕は改めて四次元の世界を眺めた。

「アッパーグラスって、どうやって生活するの？　何となく『君の家』って言っちゃったけど、寝泊まりするところはあるの？」

「勝手に話を進めないで！　どういうつもり？」

「どういうつもりって――」

僕はあれこれ考えて、やがて、しっくりくる単語に行き当たった。

「同棲《どうせい》しようってことだよ」

5

アッパーグラスに、アイの家はなかった。

四次元人の僕たちは徹底的に〈よそ者〉で、世界から拒絶《きょぜつ》されているみたいに、寄《よ》る辺《べ》ない身の上なのだ。

その代わり、僕たちには距離の制約《せいやく》がないし、壁をすり抜けることも可能。

だから、アイには家がないけれど、どこにでも入り込むことができる。

アイのお気に入りの場所は、ホテルのスイートルームだった。

今夜の宿は、夕陽《ゆうひ》が見下ろせる、最上階のロイヤルスイート。

次々と灯《とも》されていく街の明かりを見ながら、僕は感嘆《かんたん》の息をついた。

「綺麗だね」

「夜景なんて珍しくもないわ」

アイはそっけなく応《こた》えた。まあ、彼女がその気になれば、いつでも、どこの夜景でも、簡単に見ることができるだろう。時間も空間も移動し放題《ほうだい》なんだし。

アイは大きなソファの上で、ふわふわ浮かんでいる。機嫌が悪い。片方の膝《ひざ》を抱えて、退屈《たいくつ》そうに宙をにらんでいる。

「それにしても、豪勢《ごうせい》なもんだね」

そんな彼女を和《なご》ませようと、僕ははしゃいだふりをして、スイートの内装を見て回った。中東風《ちゅうとうふう》の絨毯《じゅうたん》に、アンティーク調の調度類《ちょうどるい》。陶器《とうき》の花瓶《かびん》はからっぽで、シャンデリアには明かりがついていない。豪勢ではあるけれど――ちょっと物悲《ものがな》しい。

「と、ところどころ寂しいけど、気分はいいね！」

「……そんなにいいものじゃないわ。むしろ、みじめなくらい」

「みじめ……？」

「お客が勝手に入ってくるの」

そりゃそうだ。っていうか、勝手に入ったのはアイの方――

なるほど、僕にもちょっとだけ、彼女の気持ちがわかった。

女王様みたいなアイには、スイートがお似合いだ。でも、アイがスイートを選ぶのは、内装が豪華《ごうか》だからじゃない。お客が少ないからなんだ。

個人の家は『他人のもの』という気がして落ち着かず、空き家は汚く、ホテルはお客がいるから安らげない。アイには戻る場所も、いるべき場所もない。もちろん野宿したって問題ない。三次元の寒さなんて、アイの体に何の影響も与えないから。でもそれは寒さだけじゃなく、三次元のあたたかさも無縁《むえん》のものだ。

「ほんの少し時間を動かせばいいだけよ。でも、気を抜くと〈現在〉に流されちゃうし。そもそも、この私が人間に追い出されるなんて屈辱《くつじょく》の極《きわ》みでしょう？」

「〈現在〉に流される、って？」

「眠ったりして気を抜くと、自分が『いるべき』時間軸に引き戻されるのよ。生き返ったときに目覚める時刻ね。だから、最初からこの時間軸で過ごすのがいいわ」

僕は壁の時計を見た。二月一七日の午後七時——三次元の僕が『いるべき』時刻か。

つまり——アイの時間軸もまた、ここなんだな。

アイはベッドの上に移動して、くるりと横になった。

「え⁉　寝るの⁉」

「時間をやりすごす一番の方法よ」

うるさそうに背中を向ける。僕は言葉を失《な》くして、立ち尽くした。

アイはずっと、こんな生活をしているんだろうか？

「何よ？　言いたいことがあるなら、ブヒブヒったら？」

「ブヒブヒるって何⁉　言うって意味なの⁉」

「貴方、ひょっとして……変なことするつもりじゃないでしょうね？」

露骨《ろこつ》に警戒《けいかい》の色を見せる。普通の女の子みたいな反応だ。

それが何だか可愛くて、むくり、とヨコシマな願望が鎌首《かまくび》をもたげた。

この広大なアッパーグラスに、僕らは二人っきりみたいなものだ。

アイをつかまえて、抱きしめて、彼女の匂いを胸いっぱいに吸い込めたら——

ま、まずい。このままでは理性がやばい！

僕は自分の気をそらすべく、適当なことを言った。

「ば、晩ごはんは？　まだちょっと早いけど、早すぎるってほどでもないよね？」

「……食べたいの？」

別に、おなかが空いているわけじゃなかった。直前に血生臭《ちなまぐさ》いシーンも目撃している。

それでも、アイと食卓を囲むのはすごく楽しそうな気がして、僕はうなずいた。

アイはいかにも大儀《たいぎ》そうに、でも仕方がないという顔で、

「まあ、ブタが四六時中エサを欲しがるのは当然のことよね」

「欲しがったの初めてだよね⁉　四六時中なんて要求してないよね⁉」

アイの瞳が強い光を放つ。直後、目の前にテーブルセットが出現した。

白いクロスがかけられた四角いテーブル。細かい彫刻《ちょうこく》が施《ほどこ》され、スイートルームにあってもおかしくない意匠《いしょう》だ。

テーブルの上には白磁《はくじ》の花瓶、そして薔薇《ばら》の一輪挿《いちりんざ》し。

天井《てんじょう》のシャンデリアにたくさんの光がともり、まばゆく食卓を照らし出す。

気がつくと、食卓に料理の皿が輝いていた。サラダの鉢《はち》にスープの皿。ふっくら炊《た》けたライス。焼けた鉄板の上でじゅうじゅうと音を立てる、ハンバーグステーキ――スープも、ハンバーグも、湯気を立てている。コンソメのいい香りや、肉汁の焦《こ》げる香ばしい匂いが、眠っていた僕の食欲を刺激《しげき》した。

「コースは省略。それでも、ブタには過ぎた出来栄えでしょう？」

「これ……どうやって出したの？」

「いいから座りなさいよ。愚図《ぐず》ね」

アイにうながされ、僕は椅子《いす》を引き、腰を下ろした。

驚いたことに、椅子も食器も触ることができる！

「……いただきます」

僕はナイフとフォークを手に取って、早速ひと口、ハンバーグを食べてみた。

うまみたっぷりの、熱い肉汁があふれてきて、僕の口いっぱいに広がった。

舌をちょっぴり火傷《やけど》してしまいながらも、僕はその味に目を見張る。

「すごい！　美味《おい》しいよ！」

「当然よ。この私が用意したものなんだから」

アイの口元に誇《ほこ》らしげな微笑が浮かぶ。

「あれ――でも、君は？　一緒に食べないの？」

アイは僕に背を向けて、さっさとベッドに戻ろうとしていた。

「せっかくだから、一緒に食べようよ」

アイは躊躇《ちゅうちょ》した。なぜだか不機嫌そうな顔をする。

ややあって、謎《なぞ》の力が再び発現。もう一セット、同じメニューが並んだ。

そうして、二人きりの晩餐《ばんさん》が始まった。普通に食べても美味しい料理は、アイみたいな美少女が一緒だと、二倍も三倍も、百倍もおいしく感じた。

……いや、違う。彼女が『美少女だから』じゃない。

僕はもう、そのことに気付いている。

「僕さ、ハンバーグが大好物なんだ」

「そう」

「……子どもっぽいブタね、とか言わなくていいの？」

「子どもっぽいブタね」

「何そのおざなりな反応！」

サラダをバリバリ食べながら、僕は問わず語りに語る。

「最初はひき肉が苦手だったんだ。タマネギも。でも、僕の好きだった子が、僕のために作ってくれてね――美味しかった」

「ふうん」

「……反応薄《うす》いね？」

「ブタののろけ話なんて、何が面白いのよ」

「まあ聞いて。その子はすごく綺麗でね、頭がよくて何でも知ってるんだ。いつも余裕ぶってるけど、本当はすごい努力家で、そのぶん他人にも厳しくて、思ったことを何でも言っちゃうから、友達が全然いなかった」

「そう。莫迦《ばか》な子ね」

アイはまったく興味がないという顔で、淡々と食事を進めている。

「……君、普段はごはんを食べないの？」

「食べないわ」

「どうして？」

「知能の足りないブタね。必要がないからよ」

「──必要って？」

「うるさい。黙ってブヒブヒ食べなさいブタ」

「知りたいんだ、君のことを」

アイの手が止まる。何か考え込んでいる。僕をあしらう方法だろうか？

ややあって、アイはナプキンで唇をぬぐい、ため息をついた。

「言ったはずよ。アッパーグラスは認識と想念の合《ごう》する地平──ここでは、想念は物理現象と等価《とうか》なの」

「想念が物理現象？　それってつまり、思ったことが現実になるってこと？」

「少なくとも、物を生み出すことはできるわ。私たちが触《さわ》れる物を」

じゃあ、この料理も、テーブルも、アイの想念が生み出したもの？

「ってことは、その気になれば、君の家を作ることだって……？」

「できるわ。でも、そのことに何の意味があるの？」

アイは本当にわからないという顔で僕を見た。

「無意味ってことは、ないだろ。だって、君の居場所——」

言葉が続かない。何て言えばいいのか、わからない。でも、黙っているのも嫌だった。だから、思いつくまま言葉を並べ立てる。

「食事だって、美味しいのはいいことだろ？　甘いものを食べたら幸せな気分になるしさ。美味しいものをたくさん食べてた方が、人生は楽しい——」

かつんっ、とフォークを叩きつけ、アイは僕をにらみつけた。

「貴方は誰にものを言っているの？」

エメラルドの髪が揺らめき、アメジスト色の双眸《そうぼう》に怒りがたぎる。完璧な美貌を持つアイは、激怒《げきど》したときでも、震えがくるほど美しかった。

「私は好きなものを、好きなときに、好きなだけ食べられるわ。簡単なことよ。ただ念じればいいのだから。そこには食を得る苦しみはない。栄養もない。必要がない。だから、喜びなんて存在しない。これはすべて想念——にせものなんだから！」

アイが叫んだ途端、スープの表面が盛り上がった。

かしゃかしゃという不気味な音とともに、節《ふし》だらけの尾《お》が、小さな鋏《はさみ》が、たくさんの脚が、大きな眼球が顔を出す。

サソリだった。まだ生きていて、スープの熱さに苦しんでいる。

ハンバーグの断面《だんめん》からは白い糸のようなものが無数にはみ出し、うねうね、ぞわぞわと蠢《うごめ》いていた。……蛆《うじ》がわいている。

テーブルの上にあったのは、今や料理の皿ではなく、おぞましい生き物だった。

蠢動《しゅんどう》する蛆を見下ろし、アイは薄《うす》い微笑を頬に刻む。

「こんなものを食べて、何の意味があるの？」

痛々しいくらい綺麗な、嘲《あざけ》りの笑み。

しばらくのあいだ、僕はぴょこぴょこ揺れる蛆の群れを眺めていた。

「……これは、想念、なんだね？」

「そうよ」

ナイフを使って、ひと口サイズにハンバーグを切る。新たな断面から蛆がこぼれ落ち、鉄板の熱で焼け死んだ。僕はそのハンバーグにフォークを突き立て——

「なっ——貴方、何を——」

アイが何か言う前に、自分の口に放り込んだ。

青ざめるアイに見せつけるように、ゆっくりと咀嚼《そしやく》して、涼しい顔でのみくだす。

アイははっとしたように僕の皿を見た。

鉄板の上にあったのは、蛆なんて影も形もない、美味しそうなハンバーグ。

アイが出してくれたときそのままの、綺麗なハンバーグだった。

「どうして……?」

「君が言ったことだよ、アイ。これが想念のカタマリなんだとしたら」

僕にとって、これは——

「君が用意してくれた、美味しい晩ごはんさ」

くしゃ、とアイの表情が崩れた。

人形みたいに整って一分《いちぶ》の隙もなかった顔に、激しい痛みを覚えたような、あるいは何かを思い出したような、切なげな表情が浮かぶ。

でも、それは一瞬のことだ。アイはすぐにいつもの澄まし顔に戻り、

「その顔でジゴロ気取りなんて、実に浅ましいブタね」

「何で罵倒《ばとう》されるの!? ジゴロなんて気取ってないよね!?」

アイはふんと鼻であしらい、何事もなかったかのように食事を再開した。

「それで？　貴方が同棲なんてことを言い出したのはなぜなの？」

「ああ……それはね、確かめたいことがあったから」

「確かめる？　何を？」

僕はためらった。

正直に言えば、もう少しだけ、彼女とこんな時間を楽しんでいたい。

でも、それは僕のわがままだ。ちだね先輩も、繭も、ユーリも、雛子も、みんな苦しんでいる。今このときも、心の傷を無慈悲《むじひ》に広げられている。

だから、僕だけがのんびりしていていいはずがない。

僕は未練《みれん》を断ち切るように、ナイフとフォークをそろえて置いた。

「君は言ったね。ユーリの病室に母親が見舞いにきたって。それは本当のこと？」

「疑うの？　だったら、自分の目で確かめればいいじゃない」

むっとした様子で、アイがフォークを突きつける。刹那、テーブルセットはそのままに、背景の世界だけが変化した。

時空を移動している。ホテルのスイートから、先ほど見たユーリの病室へと。

眠っているユーリの前で、医師が女性に病状を説明していた。

職場から見舞いに駆けつけたんだろう。スーツ姿の、その女性は——

「母さん！」

やっぱり、僕の母親だった。

ユーリの母親は、ユーリが小さい頃に亡《な》くなった。一方、僕の父親も、僕が小さい頃に死んだ。義父《とう》さんと母さんが再婚して、僕とユーリは義兄妹《きょうだい》になった。

母さんは綺麗な人だけど、はっきり憔悴《しょうすい》して、くたびれてしまっている。

僕の心拍数《しんぱくすう》は一気に加速する。

そう――母さんは生きている。

義父さんと離婚調停中《りこんちょうていちゅう》。もう三年も前から、家には戻っていない。母さんの不在はそれが理由。それだけの理由だ。

母さんは死んでない。五年前のバレンタインデーに死んだのは、母さんじゃない。

僕はそっと、左胸に手を当てた。

この四次元には存在しないけれど、三次元の世界では、僕は肌身離さず懐中時計《かいちゅうどけい》を持ち歩いている。あれは僕の宝物、何よりも大切なものだ。

あれが母さんの形見《かたみ》じゃないとすれば――

一体、誰の形見なんだ？

わかっている。もう、わかっている。

わからないのは、僕がどうして、その記憶を封印《ふういん》してたのかってこと。

これじゃユーリと同じじゃないか。僕は心の傷にフタをして、思い出すこともやめて、なかったことにしていた。

痛みに耐えられなくて。僕は僕が失《な》くしたものを、忘れ去ろうとして——

でも、できなくて。

ずっと胸に抱《いだ》き続けていた。母の形見と偽《いつわ》って。

封じていた記憶があふれ返り、土石流《どせきりゅう》のように僕をのみ込む。

僕は自分の肩をつかみ、どうにか、その衝撃をやりすごした。

「——ンネ！　聞こえないの、リンネ！」

誰かに名前を呼ばれて、我に返った。

心配してくれたんだろう。翠色《みどりいろ》の髪が乱れ、白い頬に張りついている。小さな唇は安堵《あんど》の吐息を漏らし、薄紫の瞳がゆったりと緊張を解く。

僕の名前を呼んだのは、間違いなく彼女だ。

名前を呼ばれたのは初めてかもしれない。再会してから、という意味だけど。

「さっきから呼んでるのに。人語を忘れたの？　ブタ語しか通じないの？」

口は悪いけど、本当は優しい。

冷たく見えるけど、本当はあたたかい。

絶対的に綺麗で、賢《かしこ》くて、高慢《こうまん》で、でも弱くて、寂しがりで、傷つきやすい。

今となっては本当に、僕と二人ぼっちの彼女に——

「愛《あい》」

と、僕は呼びかけた。

「な……何よ?」

かすかな発音の違いには気付かず、彼女は怪訝《けげん》そうに眉根《まゆね》を寄せる。その仕草は記憶の中の彼女とそっくりで、髪の色が違っていても、瞳の色が違っていても、五年が過ぎて人相《にんそう》が変わっていても、もう僕は間違わない。

僕は息を吸い、吐き、そして言った。

「君だったんだね、愛」

第七話

罪状認否マリアージュ

Q「結婚に臨む姿勢」

一般的な男子高校生

「一緒に暮らしたいとは思うけど、形式にこだわらなくてもいいかな」

一般的な女子高校生

「そ、そ、そんなの不実よ！　婚姻届は絶対出してもらうわ！」

一般的な女子中学生

「第一候補はオランダです」

大人びた女子高校生

「結婚なんてものは『昼は悪意の交換、夜は悪臭の交換』よ」

無表情の女子高校生

「……ちだね、何があったの？」

繭《まゆ》ママの不倫《ふりん》メールを見て、世界改変《せかいかいへん》の発端《ほったん》にたどりついたとき、僕の脳裏《のうり》に浮かんだのは、繭のことでも、ちだね先輩《せんぱい》のことでもなかった。

あのとき、僕が考えていたのは——

1

「リンネ、愚図愚図《ぐずぐず》しないで。貴方《あなた》って本当に愚図ね」

真冬の冷気《れいき》を突《つ》き抜《ぬ》けて、澄《す》んだ声が僕に届く。

よく通るソプラノ。でも、耳に痛いような、子どもっぽい声じゃない。

不思議《ふしぎ》な落ち着きを持ったその声を、僕は懐《なつ》かしく思い出す。

あれは小学生の頃だった。五年生の二月一四日——僕と彼女はいつものように、一緒《いっしょ》に学校へ向かっていた。

僕は自分のカバンを背負い、彼女のカバンを大事そうに抱えている。

カバン二つくらい重くも何ともない。大人たちが向ける奇異《きい》の視線《しせん》や、クラスメイトたちが囃《はや》し立《た》てる文句《もんく》――〈夫婦〉だとか〈下僕《げぼく》〉なんて言葉は、僕には痛くもかゆくもない。笑われようが、バカにされようが、どうでもよかった。

僕の少し前を、華奢《きゃしゃ》な背中が歩いている。

長い黒髪《くろかみ》が左右に揺れて、そのたびに朝の光を弾《はじ》き返《かえ》す。

彼女は僕を肩越しに振り返り、あきれたように言うんだ。

「何度も言わせないで。愚図は禁止よ、リンネ」

まぶしくて、僕は目を細める。誇張《こちょう》でも何でもなく、彼女は輝いて見えた。

一秒でも長くこうしていたくて、僕の足は自然と遅くなる。

おとぎ話から抜け出してきたような可憐《かれん》な姿に、あの頃、僕は夢中だった。

ずきりと心臓《しんぞう》が痛む。ナイフを突き立てられたみたいに。

僕はずっと、彼女のことを忘れていた。

考えようとしなかった。心がそれを拒否《きょひ》していた。

でも、こうやって記憶をたどれば――彼女の面影《おもかげ》が胸に甦《よみがえ》ってくる。

あの頃感じていた熱い気持ちが、どんどんあふれてくる。

あの朝、幸福感に包まれながら、彼女と一緒に登校していると――

どすんっ、と背中に誰《だれ》かがぶつかった。

ぶつかった誰かは、僕の横を通り抜けざま、

「キモイ男！」

と吐《は》き捨《す》てた。

僕に罵声《ばせい》を浴びせたのは、同じ家に住んでいる、従妹《いとこ》で義妹《いもうと》だった。

「こんな女に下僕扱いされて、鼻の下をのばしてるなんて最低！」

ユーリはひどく冷たい目をしていた。本当に、心の底から僕を嫌っているように見えた。でも、僕も彼女も、ユーリの言葉になんて耳を貸さない。

彼女はユーリと目も合わせなかった。眼中にないとでも言いたげに。僕は僕で、自信に満ちた彼女の横顔に見とれていて、ユーリを見ている余裕がない。

あのとき、ユーリはどんな顔をしてたんだろう？

ユーリは荒々しく足を踏《ふ》み鳴《な》らし、すごい勢いで歩道を駆《か》けて行《い》った。

ユーリのことなんて、僕はすぐに忘れてしまった。


心臓が痛い。脈打《みやくう》つたびに、見えないナイフが食い込んでくる。

彼女は本当に綺麗《きれい》だった。容姿《ようし》だけの話じゃない。存在そのものがきらめいていた。

でも、周囲の評価は散々《さんざん》だった。

他人を寄せつけない——悪く言えば思い上がったような態度《たいど》は、彼女を孤立《こりつ》させていた。子どもたちがやっかみ半分で言った軽口《かるくち》は、大人の口で悪い噂《うわさ》に変わった。

人並み外れて綺麗な容姿は、母親の不実《ふじつ》な恋が原因だとか。

雑誌《ざっし》に紹介されるくらい洗練《せんれん》された服装は、いかがわしい行為《こうい》でお小遣《こづか》いを得て、親に黙《だま》って集めたものだとか。

ユーリも例に漏《も》れず、彼女のことが大嫌いだった。義父《とう》さんは何も言わなかったけど、母さんは僕を心配しているふうだった。

それでも、僕は彼女の側《そば》を離れなかった。

僕が信じていたのはただひとり、彼女だけ。

僕たちはずっと一緒だった。どこへ行くのも、何をするのも。

僕は彼女の後ろを、犬みたいについて歩いた。荷物持ちをして、雑用《ざつよう》を押しつけられて、自分から面倒を引き受けて——でも、そんな日々は嫌いじゃなかった。

彼女が、僕にだけ見せてくれる顔があったから。

冷然《れいぜん》とした美貌《びぼう》に、ときどき、年相応《としそうおう》の子どもらしい、無邪気《むじゃき》な微笑《びしょう》の花が咲く。

真っ白い歯を見せて笑う。そんな顔は、僕にしか見せない。

僕は知っている。いつも余裕ぶってるけど、彼女はすごい努力家だ。

自分に厳しいから、そのぶん他人にも厳しくて。

思ったことを何でも言っちゃうから、友達が全然いない。

すらりとした体つきも、つややかな髪も、服のセンスも、彼女が自分で磨《みが》いたものだ。白鳥が水面下のあがきを見せないのと同じように、彼女は一切《いっさい》の弱みを見せず、悠然《ゆうぜん》とふるまっているだけ。

でも、僕にだけは、ときどき素顔を見せてくれる。

笑ったり、怒ったり、馬鹿《ばか》にしたり、甘えてきたり。

単に僕が下僕として選ばれただけ、って話かもしれないけど。それでも、本当の彼女を独占しているようで、僕は嬉《うれ》しかったんだ——


「今日の帰り、エクレールに行こうよ」

あの日、学校が見えたところで、僕は勇気を出して彼女を誘《さそ》った。

そんなことを言わなくても、毎年この日、僕たちは一緒だった。

でも、それは特別なことだった。

いつも彼女から〈命令〉されるそれを、今年だけは、僕の方から切り出した。

今日は二月一四日。僕は彼女にチョコレートをごちそうしたかった。

バレンタインが女の子の日だってことは知っている。クラスメイトが聞いたら、また馬鹿にするだろう。ユーリが知ったら、きっと不気味《ぶきみ》に思うだろう。でも僕は、彼女にチョコレートをごちそうして、ちゃんと伝えたかったんだ。

君が好きだよ、って。

彼女は目を丸くして、それから。

「どうしてもって言うならね」

仙人掌《サボテン》の花が開くみたいに、可憐《かれん》な微笑《ほほえ》みをくれたんだ。

……神さまってのが実在するなら、相当にゆがんだ精神《せいしん》の持ち主だ。

その約束の日、僕は彼女を失った。


次に僕が覚えているのは、小さな聖堂《せいどう》みたいな、仄暗《ほのぐら》い部屋。

ステンドグラスがあって、祭壇《さいだん》があって、車輪つきの寝台が置いてある。

寝台で眠っているのは彼女だ。僕は寝台に手をかけて、泣《な》き崩《くず》れている。

初めて見る彼女のお母さんは、「ありがとう」って言った。僕と同じように泣きながら、何度も「ありがとう」って。

友達でいてくれてありがとうって。一緒にいてくれてありがとうって。

踏《ふ》み切《き》り事故《じこ》、なんていう死に方で、彼女はいとも簡単に僕の世界から消えた。

いわゆる〈轢死《れきし》〉のはずなのに、彼女の遺体《いたい》はびっくりするほど綺麗なままで、眠っているようにしか見えなかった。

彼女が死んだのは、僕のせいだ。

だって、寄り道の約束をしなければ、彼女が踏み切りを渡る必要はなかった。かっこつけてお店で待ち合わせなんかしなければよかった。ずっと一緒に歩いていたら、せめて僕が身代わりになれたかもしれない。

僕が余計な色気を出したから、彼女は死んだんだ。

後悔を抱えたまま、僕は中学生になり、高校生になる。

彼女のことを忘れようとして、考えないようにして、隠《かく》れるように生きてきた。

僕は笑うことをやめ、淡々《たんたん》と日常をやり過ごす。もちろん部活にも入らない。勉強に打ち込んでいれば、誰とも付き合わずに済む。余計なことは考えなくて済む。

中高一貫《ちゅうこういっかん》の名門校に、高等部から中途で編入《へんにゅう》。希薄《きはく》な人間関係すらリセットしたくて、猛勉強したんだろう。そうじゃなきゃ、わざわざあんな学校を選ぶ理由がない。家から遠いし、授業は難しいし。

でも、そのエスニカ誠心学園《せいしんがくえん》で、僕はちだね先輩《せんぱい》と出逢《であ》った。

暗闇《くらやみ》の中にいた僕を、ちだね先輩は強引に引っ張り出してくれた。

「愚図なブタね。何をいじけてるの？」

あきれたような、蔑《さげす》むような、でもどこかあたたかな、あの視線——

「成績表くらいで落ち込まないで。空気が悪くなるわ。ここは基本的に進学校なんだから、勉強嫌いの貴方がほかの子に太刀《たち》打《う》ちできるわけないじゃない」

「そうだけどさ……何でこんな高校を選んだの？」

「高等部の制服が可愛いからよ。中等部は今ひとつだったけれど」

「そんな理由で合格したのって、君くらいだと思うよ」

「その私についてきたいがために合格したのは、貴方くらいね」

そりゃそうだ。僕は苦笑して、彼女の背中を追いかける——


え？


ザッピングした映像は、あっという間に消え失せた。

それは一瞬だったけど、僕の感傷《かんしょう》は粉々《こなごな》に砕《くだ》かれていた。

違う。今のは、ちだね先輩じゃない。

落ち込んでいた僕を慰《なぐさ》め、部活に誘《さそ》ってくれた——ちだね先輩じゃない。

僕が失ったはずの彼女だ！

僕はあわてて記憶をたどり、約一年の高校生活を振り返る。

……いない。どこにも、彼女はいない。

当たり前だ。彼女は死んだ。小学生のとき。五年生の二月一四日に！

それなのにどうして、彼女と同じ高校に通っていたみたいな記憶が……？

だって、直前の悲愴《ひそう》なモノローグと思いっきり矛盾《むじゅん》してるじゃないか。小学生のとき死んでしまった彼女に、どうして高校生の僕が罵倒《ばとう》されてるんだ？

……まさか。

ひょっとして僕は——大変な思い違いをしていたんじゃないか？

2

「君だったんだね、愛《あい》」

僕の言葉が理解できない様子で、アイは不機嫌《ふきげん》そうに眉根《まゆね》を寄《よ》せた。

「さっきから何を言っているの？　だから、私はアイ・ド・ラ——」

「違う。愛だ。十和田《とわだ》、愛」

波が引くように、アイの顔から血の気が失せた。

否定するか、はぐらかすか、罵倒にまぎらすか、アイにはいくつもの選択肢《せんたくし》があり——それゆえに躊躇《ちゅうちょ》が生まれ、決定的な〈間《ま》〉を生んでしまう。

「そうなんだね、愛？」

答えない。ただ、視線《しせん》をそらす。

動揺《どうよう》している。気の毒なほどに。その証拠《しょうこ》に、指先が震《ふる》えている。

動揺しているのは僕も同じだった。

アイ・ド・ラは、愛だった。

その事実が何を意味するのか、僕にはもう予想がついている。

バラバラだった事象《じしょう》の断片《だんぺん》が、次々とからまり合い、一つになろうとしている。自分の発想が恐ろしい。こんな恐ろしいことを思いつく、自分の脳が。

僕の論理《ろんり》は一種の暴力だ。彼女を殺人鬼より凶悪《きょうあく》な存在だと主張するに等しい。

「愛……違うなら、違うと言って欲しいんだ。ひょっとして……君が……」

「あら、リンネ。やっと気がついたの？」

アイは——否《いな》、愛《あい》は。

小悪魔っぽく微笑んで、僕を見つめた。

「ねえ、言ってごらんなさいよ。一体、どんな楽しいことに気がついたの？」

はしゃいだ声。愛は何だか嬉しそうだ。

微笑はもう亀裂《きれつ》のように見える。瞳《ひとみ》に宿るのは狂気の光だ。

「ふふ……臆病者《おくびょうもの》。ほら、どうしたの？　ブタはやっぱり愚図なのかしら？」

僕はカサカサに乾《かわ》いた唇《くちびる》を開き、かすれた声でつぶやいた。

「君は――」

「そう」

「僕を――」

「そう！」

「ずっと――」

「そう、そうよ！」

「騙《だま》して……いたの？」

愛はにっこりとして、

「正解♡」

ちだね先輩の口真似《くちまね》だろうか、先輩そっくりの言い方をした。

わかっていたはずなのに、肯定《こうてい》された瞬間、心の中で何かが折れた。

目を合わせられない。僕はテーブルの上、冷めきったハンバーグに視線を落とした。

「本当……なの？　僕の世界を歪《ゆが》めて……繭を殺人鬼にして……？」

「ええ、そう。それは私がやったのよ。私はネオ・オルガノンの力を持っている。世界を改変するなんて造作《ぞうさ》もないわ」

「だからって！　何で、こんな……!?」

繭を殺人鬼にして、ちだね先輩をその共犯者にして、ユーリの精神をズタボロにして、雛子《ひなこ》を死なせた。どうして、そんなことをする必要があるんだ……？

「ねえ、今どんな気持ち？」

愛は席を立ち、ステップを踏むような足取りで、僕の後ろに回った。

僕の背中に手をかけ、唇を寄せて、耳元でそっとささやく。

「教えてよ、リンネ。今どんな気持ち？」

「…………」

「私のことを莫迦《ばか》みたいに信じて、騙されて」

「…………」

「大切に想《おも》ってた子たちを滅茶苦茶《めちゃくちゃ》にされて、貴方は誰ひとり護《まも》れなくて」

「…………」

「さぞや、悔《くや》しいでしょうね？　どう？　私が憎《にく》いでしょう？」

「…………」

「そして思い知ったはずよ。貴方は無力で、愚《おろ》かな人間。お人好《ひとよ》しで、頭が悪いの。繭に騙され、ちだねに騙され、そして私に騙された。特に最後のが傑作《けっさく》ね。唯一《ゆいいつ》味方と信じた私がすべての元凶《げんきょう》で、貴方はそれを見抜くこともできなかった」

「…………」

「滑稽《こっけい》ね。ひどく滑稽だわ。ねえ、どんな気分？　教えてよ、ほら！」

僕の耳を引っ張り、激しく揺さぶる。

長い爪《つめ》が耳を傷つけ、頬《ほお》を裂《さ》く。僕はその愛の手をつかみ——

そっと優しく、両手で包んだ。

驚いたように口をつぐむ愛。指先から力が抜け、されるがままになる。

「会えて……嬉しいよ、愛」

僕は愛の手を取り、頬に押しつけた。愛の手は冷たい。でも、体温がある。鼓動《こどう》を感じる。彼女は生きている。生きているんだ！

勝手に涙があふれて、止まらない。

彼女がどんな存在で、どんな卑劣《ひれつ》なことをしたのだとしても。

再び巡《めぐ》り会《あ》えたことだけは、純粋《じゅんすい》に嬉しかった。

僕は立ち上がり、逃げようとする愛を引き寄せ、無理やりこっちを向かせた。

「質問に答えてくれ。どうして、こんなことをしたの？」

愛は答えない。でも、僕は辛抱強《しんぼうづよ》く待つ。

やがて根負けしたのか、愛は斜め下に目をやったまま、

「……むかついたから」

ごく普通の女の子みたいな口調《くちよう》で、そう吐き捨てた。

「頭にくるのよ、貴方。何も知らないで。へらへらしちゃって」

僕への恨み言——それが動機《どうき》？

「あんな、どうでもいい子たちに囲まれて、にやけて、デレデレして」

「先輩たちは、どうでもよくなんか——」

「うるさい！　触らないで！　それがむかつくって言ってるの！」

ぱしっ、と僕の腕を叩《たた》き、つかまれていた手を振りほどく。

突けば折れそうな、細い肩が上下する。

しばらく、はあ、はあ、という愛の息遣いだけが世界に響《ひび》いていた。

「……さあ、質問には答えてあげたわよ。これで満足？」

彼女らしい、自信に満ちた表情で、見下したように笑う。

「わかったら、貴方のつまらない日常を取り戻せばいいわ。あのくだらない不倫メールを妨害《ぼうがい》してね！」

「……ヒントを出しすぎだよ、愛」

僕は目を閉じ、意識《いしき》を研《と》ぎ澄《す》ます。これまで何度もそうしたように。

「……何をするつもり？　ヒントって、何を言ってるの？」

「考えればわかることとさ。ここはアッパーグラスで、君は四次元人。だとしたら——君もまた、『押し出された』存在だ」

アイが鉄道事故で死んだ、あの世界は。

僕が取り戻そうとしていた、あの愛すべき日常は。

最初の世界《テイク1》ではなく――改変された世界《テイク2》！

「――させない！」

僕が時間を巻き戻す寸前《すんぜん》、愛がつかみかかってきた。

たちまち集中が乱れ、僕の飛び込み《ダイブ》は失敗する。

だけど、あきらめない。僕は愛を押し返し、必死にイメージを高めていく。僕が思《おも》い描《えが》くのは愛――昔の愛。死んでしまう前の愛。僕が大好きだった、あの愛だ。

僕の周囲で空間が渦《うず》を巻く。水流のようなものが生じ、僕を連れ去ろうとする。愛は危機感《ききかん》を強めたらしい。僕を突き飛ばし、お得意の衝撃波《しょうげきは》を飛ばしてきた。

まぶた越しにもわかる、強烈な閃光《せんこう》。僕は軽々《かるがる》と吹っ飛ばされ――

そのまま、想念《そうねん》の海に飛び込んだ。愛を振り切ろうと、時間遡行《じかんそこう》を加速する。血管が切れそうなほど強く念じて、流れの急な方へ泳いでいく。

愛の追撃《ついげき》はゆるまない。水流の中を重たい光が飛んできて、顔となく腹となく、僕の体を痛めつけた。呼吸が苦しい。それでも僕は泳ぎ続ける。

その甲斐《かい》があったのか、突然、体が軽くなったかと思うと、

（待ちなさい！　リンネ！）

（この声、愛――？）

頭の中に愛の声が響いた。
愛を強く求めすぎたのか。自分という存在がひどく曖昧《あいまい》になったのを感じる。
その代わりに、自分のものではない記憶や自意識《じいしき》が流れ込んできた。
（何、これ……っ⁉　やめなさい、リンネ！　やめて！）
（見ないで！　戻って――リンネ！）
僕は花輪廻《はなわめぐる》なのか。それとも、十和田愛なのか。
疑問を感じた次の瞬間、僕の意識は愛の意識と混ざり合った。

3

気がつくと、私はひとりぼっちだった。
「ここは……どこ……？」
耳鳴りがする。いえ――これは水音かしら？
私を包み込むように、何かが渦を巻いている。
何だろう。すごく眠い。意識が保てない。自分が何を考えているのか、わからない。
眠っているのか、起きているのかもわからない。
流れに翻弄《ほんろう》されるまま、どのくらいの時間を過ごしたのだろう？

自分が何者なのか、私はずっと、思い出せずにいた。

そんな日々に終わりがきたのは、本当に偶然《ぐうぜん》だった。

「愛」

小さなささやきが、なぜか耳に届いた。

私の真っ暗な世界に、光が差したような気がした。

懐《なつ》かしい声だった。これは――男の子の声？

私はその子を知っている。たぶん、誰よりも。

おぼろげだった自意識が急速に形をとり始める。

もう一度、その声が聞きたい。

うっすら芽生《めば》えた欲望《よくぼう》が、新しい私の起源《きげん》となった。

長い長い時間、私は虚空《こくう》を探し続けた。流れに身を任せ、求め続けた。

「愛！」

「愛ってば」

「愛？」

彼の声を拾うたび、私は少しずつ己《おのれ》を取り戻していった。

そしてあるとき、気付いた。

愛というのは、私の名前なんだと。

私は愛――そう、十和田愛。高校一年生の女の子。

自分で言うのもなんだけど、高慢《こうまん》で、わがままで、敵が多い――それが私だ。

自覚した途端《とたん》、膨大《ぼうだい》な記憶が蘇《よみがえ》り、一気に視界《しかい》が開けた。

いつの間にか奔流《ほんりゅう》は去り、私の目の前には、懐かしい踏み切りがあった。

錆《さ》びついた遮断機《しゃだんき》。ゆがんだアスファルト。伸び放題の雑草《ざっそう》。

この踏み切りは、私が中学に上がった頃になくなってしまった。渋滞緩和《じゅうたいかんわ》のため、高架式《こうかしき》になったのだ。だから、これはもう存在しない……はずだけど？

夢を見てるのかしら、と思った。

明晰夢《めいせきむ》はよく見る。確かに、夢の中にいるような気がする。照りつける日差しはちっとも暑くないし、どうやってここにきたのか、全然思い出せない。

でも、夢とは違う点が確かにあった。

風景が克明《こくめい》すぎる。遮断機に止まるトンボ。商店街で立ち話をしているおばさんたち。流れる雲の形。通り過ぎる車のナンバー。地面に落ちている特売のチラシ――

夢では省略《しょうりゃく》されたり、焦点《しょうてん》が合わなかったりする部分が、すごくリアルだ。

ふらりと歩き出そうとして、足が動かないことに気付く。

足は根が生えたように動かず、一歩も進むことができない！

私はちょっとあせりながら、自分の身に何が起こったのかを考えた。

リアルに見えるけど、やっぱり夢なの？　そうね、夢だとは思うけど……。

ひょっとして、変な病気にかかったのかしら？

それとも、精神を病《や》んだのかしら？

私は急に不安になった。

「誰か！　誰か、助けて！」

商店街に向かって叫ぶ。恥ずかしいと思ったけれど、二重の意味で恥ずかしがる必要なんてなかった。だって、私は本当に大変な状況に陥《おちい》っていたのだし——

私の声は、ほかの誰にも届かなかったから。

立ち話中のおばさんたちも、通りかかったおじいさんも、洗濯物を取りこんでいたお姉さんも、みんな私の声に無反応だった。

私は愕然《がくぜん》として立《た》ち尽《つ》くした。

自分でも滑稽なくらい動揺している。

ふと、脳裏《のうり》に〈彼〉の顔が浮かんだ。

私のたったひとりの理解者。たったひとりの味方。

「リンネ！」

不安に駆られて私は呼ぶ。迷い子になった子どもが、母親を呼ぶみたいに。

「リンネ、どこ⁉　返事をしなさい！　私が呼んでいるのよ！」

――もちろん、返事はない。

震え出す私の背後で、ふと、こんな声がした。

「ここだよね、事故があったの」

反射的に振り向くと、学校帰りの小学生が二人、連れ立って歩いていた。

「危ないから、踏み切り、壊《こわ》しちゃうんだって」

「壊しちゃって、どうするの？」

「高架にするんじゃない？」

警告音が鳴って、遮断機が下りる。

二人は踏み切りのずいぶん手前で足を止めた。ちょうど、私の目の前に立つ。

二人の顔を間近に見て、私は錯乱《さくらん》しそうになった。

「アキ……エリ……!?」

中学まで一緒だった、顔見知りの少女たち。

だけど、おかしい。二人はまるで、小学生の頃のまま……。

「そっか、ここか……。十和田さんが亡くなったのって」

エリのつぶやきを聞いて、私はぎくりとした。

二人はそっと手をつなぎ、踏み切りの端《はし》を見やった。

そこに、花束が供《そな》えられていた。

……私は自分の思考を笑う。何を考えているの。そんなの理屈に合わないわ。おかしいじゃない。この私が、死んだなんて。

「愛ちゃん、可哀相《かわいそう》だね」

アキがつぶやく。耳をふさぎたいと思ったけれど、やり方がわからなかった。

「性格キツくて付き合いにくかったけど、あたし、けっこう憧《あこが》れてたよ」

「綺麗な子だったよね」

遮断機が上がる。二人は寂《さび》しそうに笑って、歩き出した。

私の体を突き抜けて、去って行く。

ひょっとして、私は……。

幽霊《ゆうれい》、なの？

——今にして思えば、それは他愛《たわい》もない勘違《かんちが》いだった。でも、アッパーグラスのことを何も知らなかった私は、自分の存在をそんなふうに感じたのだ。

巨大な恐怖がのしかかってきて、私はしゃくり上げそうになった。

リンネに会いたい。今すぐ、会いたい！

会いたいよ、リンネ……！

強く、強く念じるうちに、不思議な感覚にとらわれた。

びくともしなかった足が急に軽くなったかと思うと、体がふわりと宙に浮き、何か強い力にさらわれそうになる。

驚いて念じるのをやめた途端、おかしな感覚はすぐに消えた。

もう一度、リンネのことを考える。

たちまちおかしな力場が生まれ、私をどこかに連れ去ろうとする。

そうか――強く念じれば、体が動く！

その重大な秘密に、こんなに早く気付けたのは、皮肉《ひにく》な幸運だった。

理屈を把握《はあく》してしまえば、私の理解は早い。

リンネのことを想い続け、私はどんどん位置を変えた。

最初に見つけたのは出会った頃のリンネ。

小学校三年生。クラス替えで一緒になったばかり。

気まぐれで笑いかけてあげたら、リンネはそれだけで私の虜になった。

過去の自分を見て、私は赤面する。始めはリンネの方が私に夢中だったのに、いつから私たちの関係は引っくり返ってしまったのだろう？

ともかく、場所だけじゃなく、時間も移動できることを私は知った。

私は試行錯誤《しこうさくご》を繰り返し、やがて――

今の私が一番会いたい、高校生のリンネにたどり着いた。

『行ってきます』

誰かにそう挨拶《あいさつ》して、リンネが家を飛び出して行く。

「リンネ……リンネ！」

嬉しくて、私は思わず飛びついた。そんな恥ずかしい真似《まね》は、生前、一度もしたことがなかったのに。

もちろん、私はリンネの体をすり抜けてしまう。でも、いいの。そんなことはわかっているの。ただ嬉しくて、そうせざるを得なかっただけ。

リンネの後ろを歩きながら、私は幸福感に包まれていた。

私がもし、本当に幽霊になってしまったのなら。

ずっとリンネの側にいて、リンネを護り続けたい。

本当に、心から純粋な気持ちで、そう思った。

私はリンネにくっついて学校に行き——

そして、うちのめされた。

リンネはもう、私が知っているリンネではなかった。

私の鞄《かばん》を持って、私の後を追いかけてくる——そんなリンネはどこにもいない。

それはそう。だって、この世界では、私は小学生のときに死んだのだから。

段々と、残酷《ざんこく》なからくりがわかってくる。

私たちがつむいできた五年間の思い出は、その痕跡《こんせき》ごと消え失せていた。

当たり前の話だ。十和田愛が死んだ以上、思い出なんかできるわけがない。この世界では、リンネは私のいない中学生活を送り、自分で高校を選んだことになっている。

違う！　私たちはずっと一緒だったのよ！

リンネはあんな、おかしな部活には入ってなかった。

私たちは二人だけの〈帰宅部〉だった。二人で毎日、寄り道したじゃない！

忘れたの、エクレールに通い詰めたことを。あのチョコレートの味を。あの日、貴方が私に言ってくれたことを。全部……忘れちゃったの？

ちだねって誰？　そんな子のこと、リンネは好きじゃなかった。

繭《まゆ》って誰なの？　そんな子、私は知らない。

やめて！　リンネに変な薬を飲ませないで！　リンネをいたぶっていいのは……虐《しいた》げていいのは、私だけなの！

ユーリは確かにリンネの義妹《いもうと》だけど、リンネとは合わなかった。

ほとんど口も利《き》かなかったわ。ユーリは私のことが——十和田愛のことが大嫌いだったから。だから、私にべったりのリンネが許せなかったはずよ。

リンネがメールをするのは、私の携帯《けいたい》だけだった。でも今は、いろんな子とやりとりがある。一番たくさんメールをするのは、雛子《ひなこ》って子……。

ちだねって子にうつつを抜かして。

藺って子に虐待されて。

ユーリと一緒に下校して。

雛子って子にメールを送る。

そんなリンネは、知らない。知りたくない！

ようやく、私は理解した。

私の居場所は全部、奪われてしまったんだ――

4

ばしんっ、と強烈な力で弾《はじ》き飛《と》ばされて、僕は自分を取り戻した。

僕自身の記憶と自我《じが》、感覚が戻ってくる。

僕は雷《かみなり》のような衝撃を叩きつけられ、十数メートルも吹っ飛んでいた。全身を焼かれ、筋肉を引き裂かれたような痛みを感じる。

愛は愛で、少し離れたところに横たわっていた。僕と同じ痛みを感じているのか、胸を抱くようにして、浅い呼吸を繰り返している。

綺麗な顔を苦痛に歪《ゆが》めながら、それでも手足に力を込めて、ゆっくり身を起こす。

痛む体に鞭打《むちう》って、僕も無理やり起き上がった。

「今のは……君の記憶……なの？」

愛は答えず、こちらを見ようともせず、ただ歯を食いしばっていた。

「そうなんだろ、愛！」

「…………っ」

「僕はずっと君と一緒で——君のことが大好きで——君の後ろにいたんだろ⁉」

「……そうよ！」

たまらなくなったように、愛が叫《さけ》んだ。

その途端、彼女の髪からエメラルド色の粒子が飛んだ。そうして砕《くだ》け散《ち》る破片《はへん》の下から、黒曜石《オブシダン》のように光る、グロスの黒髪が現れる。

僕の認識が彼女の想念を凌駕《りょうが》したのか、彼女が自分を再認識したのか、いずれにせよ、そこにいたのはアッパーグラスの導き手アイ・ド・ラなんかじゃなく——

僕が大好きだった、十和田愛だった。

「どうしてだよ、愛！　どうして、君がみんなをあんな目に……⁉」

「全部、貴方のせいじゃないっ！」

らしくもなく、感情任せに叫ぶ愛。その瞬間、きらりと光る雫《しずく》が宙を舞い、僕は一時的に失語症《しつごしょう》になった。

愛の瞳はしっとりと濡《ぬ》れて、それどころか、大粒《おおつぶ》の涙を吐き出していた。

あの愛が――泣いている。

僕の前で――他人の前で！

「どうしようもなく腹が立つの！　頭にくるのよ！　貴方はみんなに囲まれて、幸せそうで――私のことなんか忘れて――リンネなんて嫌い！　あの子たちも嫌い！　嫌いだから意地悪したのよ！　そんなこともわからないの⁉　莫迦な男！」

愛はもう涙を隠そうともせず、感情をむき出しにして怒鳴った。

「私たちは二人っきりだった！　ずっと、ずっと！」

普段は澄《す》んでいる声が、涙で濁《にご》る。

愛がこんなにも激しい感情をぶつけてくるのは、たぶん初めてのことだ。

「それなのに、何なの⁉　貴方は何をやってるのよ！　たくさんの女の子たちに囲まれて――私のことなんか綺麗さっぱり忘れて！」

「忘れるしかなかったんだ！　君がいなくなって、僕の世界は一度終わった！　でも今は覚えてる！　君が死んだ日のことも、君がいなくなってからの絶望も、あのひどい日々も、全部覚えてるよ！」

「私は死んでない！」

涙の雫をまき散らしながら、悲痛な叫びをあげる。

「それが忘れてるって言うのよ……リンネ！」

ぽろぽろと泣き崩れ、僕のポニーテールを指差す。

「その髪だって、私のために伸ばしていたのに……っ！」

「――――！」

この髪は……ちだね先輩のために伸ばして……いた。先輩が好きなゲームキャラに似せようっていう、つまらない努力……のはず。

でも……そうだ。それじゃおかしい。先輩に会ってからの半年やそこらで、この長さにはならない。たぶん、二年は伸ばしているだろう。

刹那《せつな》、強烈なフラッシュバック。僕の脳裏に、鮮烈《せんれつ》な映像が蘇《よみがえ》る。

あれは――中学校の頃だ。

朝早く、二人きりの教室で……愛が僕に言ったんだ。

髪を伸ばして、って――

……くそっ。僕はこんな大事なことまで忘れているのか！

そうだ。愛は死んでないんだ。僕が最初に体験した――テイク1の世界では。

誰かが世界を改変した。愛が死ぬように、仕向けたヤツがいるんだ。

押し出された愛は四次元人になり、アイ・ド・ラになった。

そのせいで、僕たちの過去は書き換えられて。

僕は愛の下僕ではなく、〈も女会《じょかい》〉のメンバーになった。

その世界が許せなかったから、愛はさらに改変した……！

何だよ、それは。

何なんだよ！

僕が立ち尽くしていると、愛はうっすら冷笑を浮かべた。

「これで、わかったでしょう？　あの子たちが、私の居場所を奪ったのよ」

憎悪《ぞうお》なのか、侮蔑《ぶべつ》なのか。愛の瞳に、どす黒い感情が閃《ひらめ》いた。

「貴方のとなりに私がいない——それがたまらなかったから」

ふふっ、と笑い出す。痛々しいほど明るく、ほがらかに。

「だから壊してやったのよ！　何もかも！　滑稽な世界に変えてやったわ！　ブタにはお似合いの世界でしょう！」

「帰ろう、愛」

「————っ」

愛の肩が跳ね上がり、あれほど滑らかだった舌が止まった。

「君にしてしまったことを全部、僕は謝りたい。いや……何て言って謝ればいいのか、まだ僕にはわからないけど」

真心が伝われと念じながら、祈りながら、僕は言った。

「帰ろう。僕たちの日常に」

「……あの子たちとの日常を、あきらめるって言うの？」

「知ってるだろ？　僕にとっては君がすべてだ」

「嘘《うそ》よ」

僕が一歩踏み出すと、愛はびくっと身を退《ひ》いた。

僕は勢いづいて、愛に向かって手を差し伸べ、ゆっくりと歩き出す。

「帰ろう」

愛は怯《おび》えたような眼をして、かぶりを振った。

「……無理よ」

「無理じゃない」

「無理だわ……」

「無理じゃない」

「無理よ！」

「無理じゃない！」

僕は愛に向かって飛ぶ。一直線に。今すぐ、二人の距離を縮《ちぢ》めたくて。

でも、愛はそれを許さなかった。

愛の眉間《みけん》から閃光がほとばしる。それは重い衝撃となって、僕を弾き返した。

僕はなす術《すべ》もなく吹っ飛ぶ。悔しいけど、このアッパーグラスにおいて、僕は愛よりはるかに経験不足。正面からぶつかって勝てる道理はない。

「おあいにくね！　もう私は昔の私じゃないの！」

愛は不敵《ふてき》に笑った。冷酷な眼差《まなざ》し、酷薄《こくはく》な微笑。だけど、僕にはわかる。そんなものは、悪ぶっただけの虚勢《きよせい》に過ぎない。

そんな顔するなよ、愛。

自分では完璧《かんぺき》な演技のつもりだろうけど——君は今、泣き笑いなんだ。

「自惚《うぬぼ》れないで。私はもう貴方になんて興味がない。貴方との日常なんて望んでいない。貴方程度の男に固執するほど安い女じゃないわ」

「じゃあ、どうしたいんだよ⁉」

「私はこのアッパーグラスに留《とど》まって、世界を意のままにしてやるのよ」

——何だって？

僕は耳を疑った。愛は今、何て言った？

世界を意のままにする——そう言ったのか？

そんな——君らしくもない——くだらないことを？

「貴方にしたのは宣戦布告《せんせんふこく》、そして実験よ。私の力を試してみたの。そして納得《なっとく》したわ。この力があれば、世界をどんな地獄にも変えてやれる」

愛は酔《よ》っ払《ぱら》ったみたいに、ズレた所信表明演説《しょしんひょうめいえんぜつ》をぶつ。

「今回はごく当たり前の少女を殺人鬼にしてあげた。これが大人ならどうかしら？　権力を持つ人間なら？　兵器を持ってる人間ならどうかしらね？　知ってる？　非常時の人間はひどく不安定で、とっても押しやすいのよ？」

「もうやめろ！　そんな言葉、愛の口から聞きたくない！」

ほんの一瞬、愛の瞳に痛みが走った。

でも、すぐに余裕を取り戻す。愛は儚《はかな》げに微笑んで、

「せいぜい、楽しく遊びましょう」

可憐な姿がブレて、すうっと遠ざかる。

水流のような時空の揺らぎ。あたりの風景《ふうけい》が崩れ、愛をどこかへ運んでいく。

僕はあわてて追いかけた。愛を強くイメージして、流れる背景に食い下がる。だけど、奔流はますます勢いを強め、僕を押し戻して、行く手を阻《はば》もうとする。

「待ってくれ！　愛！　もうこれ以上は——」

暴風のような奔流の向こうに、見覚えのある光景が浮かんだ。

薄暗い家の中、女性が携帯を見つめ、逡《しゅんじゅん》巡している。

繭ママが最初のメールを出した、あの場面だ！

愛は胡蝶《こちょう》のように軽《かろ》やかに飛び、繭ママの耳元に顔を寄せる。

愛がやろうとしていることを察《さっ》して、僕は戦慄《せんりつ》した。

やめろ、愛！　やめてくれ！

でも、間に合わない。愛は詩でも吟《ぎん》ずるように、決定的なひと言を口にした。

「叶《かな》わぬ夢を見るなんて、愚《おろ》か者《もの》のすることよ」

繭ママは切なそうに微笑み、携帯の電源を落とした。

直後、世界が改変された。

カードを次々めくっていくように、風景がどんどん変わっていく。当然、異変は僕の身にも及ぶ。奔流は強烈な衝撃波となって、僕に襲《おそ》いかかった。

世界から引きはがされるような感覚――

ひょっとして、僕は生き返ろうとしているのか⁉

醒《さ》めかけた夢にしがみつくような、甲斐《かい》のない努力を続けながら、僕はなおもあがく。

脳みそが煮《に》えるくらい強く、愛の姿をイメージする。

いつの間にか、愛は化学実習室にいた。そこにいるのは、中学生くらいの繭。実験中の繭に唇を寄せ、愛はそっと道理《どうり》をささやく。

「そんな危険な薬品を使ったら、ちだねが悲しむわよ」

僕を追い出そうとする力が、さらに強くなった。

愛は次々と場所を変えた。メールを打つ雛子や、遠くから僕を見てるユーリや、思案顔のちだね先輩や、先輩のおばあさまに、ささやきを繰り返す。

——愛は『一通のメールが殺人鬼を生んだ』というようなことを言ったけど、それは嘘だったみたいだ。

ああ、愛。

君はこんなにもたくさんのささやきで、あの悪夢みたいな現実を作り上げたのか。

それは一体、どんなに大変で、孤独な作業だったんだろう?

僕にはもう言葉もない。君にかける言葉なんて見つからない。

でも、これだけは言っておきたい。生き返る前に——君とまた引き離される前に!

「聞け、愛!」

愛は、いよいよ遠い。声が届いているのかどうか、わからない。

それでも、僕は全力で叫んだ。

「僕は君も助ける! 必ず!」

反動のように衝撃がくる。僕は完全に流れにのまれ、逆方向へと驀進《ばくしん》した。

ぐちゃぐちゃの視界の中、ふと、愛の悲しげな瞳が見えた気がした。

「そんな日はこないわ。永遠に」

愛の悲しげな言葉を最後に、僕の意識はそこで途切れた。

エピローグ

僕たちの不適切な日常 #2

Q 「あなたにとって〈不適切〉とは？」

一般的な女子高校生

「それは……って何ゆわせんのよ痴漢！」

無表情の女子高校生

「……規制されるようなこと？」

先進的な女子中学生

「むしろ規制しようとする行為そのものです」

燃える女子高校生

「若人が青春を謳歌しないことよ！」

とある男子高校生

「……たぶん、僕たちの日常」

繭《まゆ》からの呼び出しメールがきたのは、朝の五時半だった。

『リンネ。今日、早く学校にきて。部室に。七時半』

ブツ切れの呼び出しメール。繭らしくて、思わず笑ってしまう。

『確かめたいことがある。重要』

文末に付け足された一行を見て、ついにきたか、と思った。

今さらじたばたしても仕方がない。僕は覚悟《かくご》を決めてベッドを降りた。

実を言えば、ずっと待《ま》ち構《かま》えていたんだ。繭の呼び出しがあるんじゃないかと、三日前から早起きしていた。

ここ数日、繭の様子はおかしかった。元気がなく、気もそぞろで、不安げに僕を見たり、考え込んだりしていた。大好きな実験にも身が入らないらしく、ビーカーや試験管《しけんかん》を洗ってばかり――

僕は手早く身支度《みじたく》を済ませ、部屋を出た。

リビングでは、つけっぱなしのテレビが朝のニュースを流している。バスルームからはシャワーの音が聞こえてきた。ユーリが浴びているらしい。

朝食代わりのバナナとヨーグルトを食べて、携帯《けいたい》を起動《きどう》。大事なデータが保存されているのを確認する。……うん、大丈夫。ちゃんと入ってる。

しばらくすると、ほかほか湯気を立てながら、ユーリがリビングに入ってきた。

バスタオルを巻いただけの無防備《むぼうび》な格好で、こしこし髪を拭《ふ》いている。僕はあわてて目をそらし、入れ違いで脱衣所兼洗面所《だついじょけんせんめんじょ》に向かい、歯《は》を磨《みが》いた。

「え、リンネ？　もう行くの？」

ユーリが怪訝《けげん》そうに追いかけてくる。おいやめろ。今の君はむき出しの弾薬庫《だんやくこ》みたいに危険なんだ。上気した肌《はだ》とか、ふわっと漂《ただよ》う匂《にお》いとか。

僕はガリガリ歯ブラシを噛《か》んで、どうにか平常心をキープ。

「うん、学校に用事があるんだ」

「今日はずいぶん早いわね。キモイわよ？」

鏡越《かがみご》しに見た義妹《いもうと》は、不安そうな顔をしていた。

……そうか。ユーリにも残ってるんだな。

僕は歯磨き粉を吐いて、義妹に笑顔を向けた。

「大丈夫だよ。心配はいらない」

「……うん。わかった」

ユーリは無理やり自分を納得《なっとく》させたみたいだ。珍《めずら》しく素直に、笑顔を返してくる。

「ねえ、ユーリ」

戻ろうとするユーリの背中に、僕は思い切ってたずねた。

「愛《あい》のこと、覚えてる？」

「……覚えてる」

ユーリは振り向かず、声だけで応《こた》えた。

「あんたがあの時計を見るたび、あたしも思い出すの」

僕が肌身離《はだみはな》さず持ち歩いている——愛の形見《かたみ》の懐中時計《かいちゅうどけい》。

「忘れるわけないでしょ。あんたがロリコンをこじらせるに至《いた》った元凶《げんきょう》だもの」

「こじらせてないからね⁉ そもそも、愛はロリじゃ——」

ないからね、と言いかけて、やめた。

言っても無駄《むだ》だ。今の、この世界では、愛は五年前に死んだことになっている。

怪訝そうなユーリを残し、家を出る。

早朝の冷え込みはキツイ。でも、この冷気が心地《ここち》よくもある。

僕はマフラーに顔をうずめ、最寄《もよ》りのバス停に向かった。

凛《りん》と引《ひ》き締《し》まる空気をかきわけ、透《す》きとおった青空の下を歩く。

バスと地下鉄を乗り継いで、三〇分以上かかるエスニカ誠心学園《せいしんがくえん》へ。

黒鉄色《くろがねいろ》の門をくぐり、イギリス庭園ふうの前庭を抜け、どっしりとした学《まな》び舎《や》に入る。

二つの女子寮《じょしりょう》と三棟からなる校舎は、今日も威風堂々《いふうどうどう》としていた。

校舎の中は、ひっそりと静かだった。

アトリウムでは運動部がランニングをしているし、校舎内を循環《じゅんかん》する温水暖房《おんすいだんぼう》の音や、小鳥のさえずりも聞こえてくる。

でも、不思議《ふしぎ》と静かだ。こうして朝の静寂《せいじゃく》の中にいると、あの忌《い》まわしい――トラウマになっている記憶を思い出してしまう。

中学生の頃、愛の気まぐれで、朝早く登校したことがある。

がらんとした教室。僕たちはすることもなく、野球部の朝練を窓から眺《なが》めていた。

そのとき不意に、愛はひどい悪戯《いたずら》を思いついたんだ。

嫌がる僕に、無理やり女子の制服を着せて――

『似合ってるわよ、リンネ。いっそ、そっちの方がいいんじゃない？』

そんなひどいことを言った。

でも、僕は口答えもできなかった。

光を浴びた愛の下着姿は、言葉にできないくらい綺麗《きれい》だったし――

誰かがくるんじゃないかと、気が気じゃなかったから。

こんなところを見られたら、さすがにタダじゃ済まない。下着姿の愛も問題だけど、何より僕は愛の制服を着せられている。確実に変態《へんたい》扱《あつか》いされるだろう。

『も、もういいだろ？　脱いでいいよねっ？』

急いで脱ごうとする僕を、愛は押しとどめた。

『いいけど、条件があるわ』

『条件？』

『髪を伸ばして』

『――えっ⁉』

『切っちゃだめよ。切ったら、私も短くするからね』

僕は閉口《へいこう》した。最悪だ、と思った。だって、そんなのずるいじゃないか。愛がどんなに自分の髪を大事にしているか、僕は誰《だれ》よりもよく知ってる。

僕が絶対に切れないと知っていて、愛はそんなことを言ったんだ。

最悪の契約《けいやく》だ。さすがにこれは拒否しようと思ったとき、誰かの足音が聞こえて、僕は飛び上がった。髪を伸ばすと約束して、急いで制服を返す。

愛は要領《ようりょう》よく、上着を羽織《はお》って、スカートをはいた。

一方の僕は、パンツ一丁でいるところを級友に見られて、暗黒時代に突入した。

まったくもって忌ま忌ましい記憶だ。でも――

甘く、優しい記憶だ。

高校生の僕は、いつしか化学実習室《かがくじっしゅうしつ》の前に立っている。

約束の七時半まで、あと三分。重い金属の扉《とびら》を開けて、中に入る。

繭はもう中にいて、僕を待っていた。

疲れきった顔をしている。不眠症気味《ふみんしょうぎみ》なんだろう。でも、僕の顔を見た途端《とたん》、繭の瞳にも生気《せいき》が戻った。繭は嬉しそうに微笑《ほほえ》み、

「リンネ！」

黒一色の髪をサラサラ言わせて、僕に向かって駆《か》けてきた。

既視感《きしかん》のある光景。でも、決定的に違う。

途中で繭の速度は鈍《にぶ》り、やがて完全に立ち止まってしまった。

「ごめんね……。急に、呼び出して」

珍しく、しおらしいことを言う。繭は小さなこぶしを握《にぎ》り、うつむいてしまった。

僕は笑って、努めて明るい声を出す。

「全然いいよ。確かめたいことって何？」

「……あのね」

自分から呼び出したくせに、繭はかなりためらった。

何度か言いかけて、やめ、さんざん迷ってから口を開く。

「……笑わない？」

「内容によるね」

藺は「むう」と不満げに唇をとがらせた。

何度か視線を左右に振って、ようやく決心したように、

「わたし、殺人鬼……?」

まっすぐ僕の目を見て、そう訊《き》いた。

……やっぱり、そうきたか。

口下手《くちべた》の藺が一生懸命《いっしょうけんめい》に、たどたどしく言葉を並べる。

「わたし、殺人鬼かもしれない。たくさんの人を殺したかもしれない。だから……どうしよう? わたし、わからない。怖いの。怖くて、悲しいの。これって――」

「待って待って。まずは深呼吸《しんこきゅう》。順を追って話してよ」

言われた通りに藺は深呼吸した。少しは落ち着いたのか、ぽつぽつと語り出す。

「長い夢を……見ていたみたい。夢の中で、わたしは最悪の殺人鬼」

「……殺人鬼とは穏《おだ》やかじゃないね」

「でも、殺人鬼。シリアルキラー。何人も、何人も、殺した」

思い出してしまったのか、藺はぶるぶると震《ふる》え始《はじ》めた。

青ざめた顔。普段クールな口元は、不安げに歪《ゆが》められている。

藺はちだね先輩《せんぱい》にべったりだ。その藺が、ちだね先輩にも相談できなかったこと。

こんな僕を頼って、相談してくれたこと。

僕は胸が熱くなるのを感じながら、そっと繭の手を握った。

「大丈夫。それは全部、悪い夢だよ」

「夢……？　本当に？　だって、すごい、リアルで――」

繭の言葉をさえぎって、僕は携帯を取り出し、用意の画像データを呼び出した。

一見しただけでは何の変哲《へんてつ》もない、ただの写真。女の子を写しただけの写真。就職《しゅうしょく》活動《かつどう》中のお姉さんや、病室で退屈《たいくつ》そうにしている同級生や、転校先で新しい友達と笑い合っている女の子の写真。

僕がここ数日、少ないツテ――源《みなもと》光《ひかる》や雛子《ひなこ》――を頼って、かき集めたものだ。

一枚見せるたびに、繭の表情がやわらいでいくのがわかった。

「これは就職活動中の浅水《あさみ》さんの写真。こっちのは笹森《ささもり》さんが友達にあてた写メ。斉藤《さいとう》さんは来月退院できるって。今井《いまい》さんは、ちゃんと繭のクラスにいるよ」

「みんな、生きてる……？」

「もちろん、生きてるよ」

すう、と繭の頬《ほお》を涙がすべり落ちた。

「誰も死んでない……の？」

「うん」

「殺さなくていい……の？」

「うん」

僕はそっと、壊《こわ》れ物《もの》に触れるように優しく、繭の肩に手を置いた。

「繭は繭だ。人殺しじゃない」

「リンネ……！」

たまらなくなったように、しがみついてくる。

情けない話だけど、僕は硬直《こうちょく》した。どうしていいのかわからない。だって繭の体は仔猫《こねこ》みたいにやわらかい。筋肉はもちろん、骨格《こっかく》まで貧弱《ひんじゃく》だ。僕と同じくらいの身長なのに、女の子の体は、どうしてこんなにも華奢《きゃしゃ》なんだろう？

正直、テンパってはいたけれど。

僕は繭を拒《こば》まず、遠慮《えんりょ》がちに、細い背中に手を回した。

繭は肩を揺《ゆ》らして泣く。小さな子どもみたいに声をあげて。

うんと泣け、繭。

つらい記憶を全部、洗い流してしまえ。

思わずもらい泣きしながら、繭を抱く手に力をこめたとき——

「そういうことなんだ……ふーん……へえ……痴漢《ちかん》」

背後から底冷えのするような声が聞こえた。

どっと冷や汗が出る。僕は繭の背中を抱いたまま、恐る恐る振り向いた。

「ゆ、ユーリ……！」

僕の背後に、危険な闘気《とうき》をまき散らす、従妹《いとこ》で義妹《いもうと》が立っている。

ユーリだけじゃない。ユーリの背中に隠《かく》れて、ほかにも二つ影があった。

一人は僕の胸までしか身長がない、ちんまい女の子。呪《のろ》わしげな目をした童顔美形《どうがんびけい》で、中等部の制服を着ている。ゴマフアザラシのぬいぐるみをぎゅううっと抱きしめていて――アザラシは変形し、目玉が怖いくらい飛び出していた。

その後ろで「うひゃー」と赤面してるのは、スタイルも目鼻立ちも日本人離れした美形の先輩。ピンと立ったアンテナ髪は今日も健在《けんざい》で、彼女の好奇心に呼応するかのように、ぴょこぴょこ元気に跳ねていた。

「雛子！　ちだね先輩まで！」

三人そろって、準備室経由《けいゆ》で侵入したらしい。

ユーリはひくひくとこめかみを痙攣《けいれん》させながら、

「おかしいと思ったのよ……キモイ寝ぼすけのリンネが、急に早起きして、通常の三倍くらい鼻の下のばして、いそいそと出かけていくから……！」

「鼻の下なんてのばしてなかったよね⁉　むしろ悲愴《ひそう》な感じだったよね⁉」

「現場を押さえられてキモイ言い逃れしないでよ痴漢！　キモキモ次元人！」

「それ何次元⁉」

「黙《だま》れ女の敵！　憎しみの光を食らえ！」

我慢できなくなったのか、回転しながら、派手な飛《と》び蹴《げ》りをかましてくる。

僕は繭を抱えたまま、際どくかわした。

「ちょ……雛子！　ユーリを止めて！　仲良しだろ！」

僕の救援要請《きゅうえんようせい》に、雛子は迅速《じんそく》に応《こた》えてくれた。

ととと、っと小走りに駆けてきて、僕とユーリのあいだに立つ。

ユーリはなおも猛《たけ》っていたけれど、雛子の背中を見て、ただちに攻撃を中止した。

「あの、あの、リンネ先輩！」

「ど、どうしたの雛子？」

「わたしのごとき者がこんなことを考えるのは、身の程をわきまえない、大変に出すぎたことかとも思うのですが――」

もじもじと指をからめ、頬を染めて、上目遣《うわめづか》いに僕を見る。

「今リンネ先輩にキスをしたら、繭先輩と間接《かんせつ》キスできるのでしょうか？」

「できないよ！　僕は繭にキスなんてしてないからね⁉」

「独《ひと》り占《じ》め……⁉　あの、リンネ先輩に……殺意《さつい》を抱いてもいいですか？」

「いいわけないからね⁉　もじもじしながら何てこと言うの！」

闇《やみ》そのもののような、真っ暗な目をする雛子。その病《や》んだ感じに震えながら、一方で僕は安堵《あんど》していた。

「雛子、ちゃんと学校にきてるんだね」

「それは、わたしのような汚物《おぶつ》は学校にくるなという意味ですよねわかります……」

「違うからね⁉　病気じゃないかなって心配しただけだからね⁉」

「それは、わたしのごときクソムシ女は傍《はた》から見れば病気という意味……」

「違うよごめん！　泣かないで雛子！」

僕は己《おのれ》の失敗を悟《さと》る。雛子が登校しなくなったのは、繭の一件があったからで――

それがなければ、雛子は当たり前に、この〈も女会《じょかい》〉に参加してるんだ。

あれからいろいろ頭の整理をして、僕もようやく、自分の〈世界〉がわかってきた。

本当の僕は、半年くらい前まで、確かに愛と一緒にいた。

夏頃、世界は書き換えられ、愛のいない――〈も女会〉の日々が始まった。

その日常はたぶん、半年以上続いていた。直に体感したことは、改竄《かいざん》されたものより
はるかに強烈《きょうれつ》な記憶として脳に刻《きざ》み込《こ》まれている。

そして、おそらくは二月に入ったあたりで『繭が殺人鬼』にされた。この改竄の結果、
雛子は『四か月前に死んだ』ことになったんだろう。

正直、ややこしい。でもまあ、とにかく雛子が無事でよかった！

ただし、雛子のネガティブ全開な性格は愛の仕業《しわざ》でも何でもなく、自前だったらしい。

雛子は沈《しず》み込《こ》み、カビが生えそうなくらい、じんめり湿気《しっけ》を帯びてしまった。

「あのね、リンネくん」

僕たちの会話が一段落したところで、ちだね先輩が前に出た。

繭を僕から引きはがし、自分の背中に隠して、ぴんと人差し指を指を立てる。

「青春は若者の特権《とっけん》だけど、男女が学校でしていいのはキスまでだからね？」

「何で『男女』って断るの⁉　っていうか、してませんよ何も！」

「嘘《うそ》おっしゃい！　繭を泣かせるような、すんごいことをしたんでしょう？」

珍しく目を三角にして、問い詰めるように言う。こないだ異端審問《いたんしんもん》で受けたトラウマが甦《よみがえ》り、僕は全身総毛立《そうけだ》った。

「してませんってば！　僕はただ、繭の人生相談に乗っただけで――」

「何それキモイ！　相談に乗るって名目でどんなセクハラをしたの⁉」

「ちょっとユーリさん⁉　セクハラ前提《ぜんてい》にしないでよ⁉」

「リンネ先輩！　味は⁉　塩加減《しおかげん》はどんな感じでしたか⁉」

「何の味⁉　何も味わってねえよー⁉」

「わたしも質問、ある」

当事者の繭が小さく挙手をする。

ちだね先輩も、ユーリも、雛子も、みんな興味を惹《ひ》かれた様子で振り向いた。

「どうしてリンネ、わたしの夢のこと、知ってたの？」

意味がわからなかったらしく、繭以外の女の子は不思議そうな顔をした。でも、真剣な口ぶりから、それが重大な意味を持つことは察《さっ》したようだ。

僕は本日二度目の覚悟を決めて――

「ちだね先輩。今日の活動は〈夢〉をテーマにしませんか？」

思いっきり、はぐらかした。

ちだね先輩は呆《ほう》けたように僕を見て、

「――そうね。夢について語る――これは極《きわ》めて青春ね！」

ぐっとこぶしを握《にぎ》る。ＯＫ。ロケットエンジンに火が入った。

大作文祭よ！　全校生徒に作文を書いてもらうわ！　などと、例によって例のごとく、ちだねワールドが展開されていく。

僕は適当にチャチャを入れ、先輩のエンジンにどんどん燃料を送り込む。そうして、繭の質問を会話の彼方《かなた》に追いやった。

――今はまだ、みんなには言わない。

この〈も女会〉の日常を、少しでも長く楽しんでいて欲しいから。

でも、僕が心から楽しめる日は、もうこない。

僕には大きな疑問が残っていた。

あのとき、僕は愛と自意識《じいしき》を共有し、愛の記憶を垣間見《かいまみ》た。でも、その記憶の中で、愛は今ほどネオ・オルガノンとやらに目覚めてなかった。

アッパーグラスという言葉を、愛はいつ知ったのか。

アイ・ド・ラという名前を与えたのは、誰なのか。

そもそも、愛は誰に『押し出されて』アッパーグラスに行ったのか。

愛の向こうに、誰かの作為《さくい》を感じる。ひどく強大で、卑劣《ひれつ》な敵の存在を。

比べてみたら、僕は途方もなくちっぽけな存在だ。非力で、平凡《へいぼん》で、女顔の男子高校生にすぎない。

だけど、『想《おも》って』、『念じる』ことならできるんだ。

僕は取り戻したい。愛と過ごしたあの日々を。

だから、僕は変えてみせる。

僕たちの不適切な日常を。

【to be continued...】

あとがき

愛すべき日常——って、どんなの？

そんな素朴《そぼく》な疑問と、僕の中の少年ゴコロ、そしてアレな趣味《しゅみ》嗜好《しこう》（少女たちの言動ににじみ出ています）を混ぜ合わせ、化学反応させたものが本作です！

こんにちは、海冬《かいとう》レイジです。そして、初めまして！　ファミ通文庫では初めての本となります。これから、どうぞよろしくお願いします。

さて……ほ、本編はお楽しみいただけましたでしょうか？（びくびく）

海冬レイジ、渾身《こんしん》の力で書きました。それゆえに、渾身の大暴投《だいぼうとう》だったらどうしよう、と若干《じゃっかん》ビビリながらあとがきを書いています。

実は去年の今頃、禁断《きんだん》のトビラを開けてしまいまして。

「アレ？　何か僕……このままでいいの？　海冬レイジってアリなの？」

とかいう迷いが生じ——自分探しキタコレ！

精神的《せいしんてき》流浪《るろう》の民と化した僕——しかしそこは怠惰《たいだ》極《きわ》まる海冬レイジ、〈新しい自分〉を探すつもりはなく、もう一度〈そこにいたはずの自分〉を取り戻すことに専念《せんねん》します。

つまりどうしたかっていうと、**お話を書きました。**

いつもやってんじゃん！

しかしそこは迷えるブタの海冬レイジ、迷いすぎて上手くいきません。あっちを放浪《ウロウロ》、こっちを彷徨《ウロウロ》したあげく、最終的に到達《とうたつ》した境地《きょうち》がコレ↓

~~美少女にブタと罵《ののし》られつつブーツで踏まれるようなものを~~

これが遺作《いさく》になっても後悔《こうかい》しないようなものを書こう！

もおぉぉぉお徹底的《てっていてき》にやろう！　一切妥協《だきょう》せずにやろう！

と青春☆全開の暑苦しいノリで作り始め、わずか数日で気付きました。

「こ、これは……出してくれる出版社さんが存在しない……かも？」

この時点でもう、デビュー以来もっともアグレッシブな大冒険です。

完璧にコースアウト走行でしたので、編集部さまの信頼を得て、任せていただくためのハードルは激高《げきだか》！　企画会議パス無理！　その上、あらすじが難しい——いろいろな意味で——お話です。困った海冬レイジ、さらにイレギュラーな手段に訴《うった》えます。初稿とも呼べない走り書きをいきなり四話まで書き——

まんま担当さんに投げた。（最悪だ！）

「ど、どうでしょう？　こんなお話なのですが……」（おずおず）

「これは続きを書くべきです。だって面白いから！」（原文ママ）

ここで僕号泣《ごうきゅう》！　こ、これが作家冥利《みょうり》に尽《つ》きるというやつか……！

おかげさまで精神的放浪生活は終わりを告げ、海冬レイジは再び自分を取り戻すことができました——取り戻した自分が相変わらず最低野郎だった点はさておき、闇《やみ》の中でもがいていた僕（大げさ！）に、光をくださった担当の衣笠さんに大感謝！

「制服のスカートはプリーツがいいと思うんです。なぜかっていうと……ええと」

「わかります。無防備《むぼうび》な感じがイイんですね！　ひるがえりそうな！」

「そうそれです！　我が意を得たり！」

なんて話を男二人が真剣に、熱く語り合うのはこの業界ならではで、一緒《いっしょ》の本作りはとても楽しい時間でした。今後ともどうかよろしくお願いします……！

そして、素敵すぎるイラストをつけてくださった赤坂《あかさか》アカさん。

お忙しい中、本当にありがとうございました。こちらの理不尽《りふじん》なボールを片《かた》っ端《ぱし》からホームランで打ち返してくださる赤坂さんマジ神やでぇ……。ラフをいただくたびに僕の理性は崩壊《ほうかい》↓修復《しゅうふく》を繰り返し、家族に本気でキモがられました。

だけど言わせてくれ！　可愛《かわい》いよ！　アイ可愛いよ！　言語《ごんご》に絶《ぜっ》するよ！

（アイのカバー絵はうちの母も「可愛い可愛い」と大絶賛でした）

ちなみに、アイの髪の毛も赤坂さんのアイディアです。オーラ髪可愛いよカッコイイよオーラ髪。速攻で本文に反映させました！

ほかにもたくさんの方のお力で、本書は世に出ることができました。
ですが、誰《だれ》よりもまず――
数多《あまた》ある本の中から、本書を選んでくださった貴方《あなた》に最大の感謝を！
願わくば、このお話が貴方のお気に召しますように……！（びくびく）

ではまた次回、『も女会《じょかい》の不適切《アイ・ド・ラ》な日常2』でお会いできることを祈りつつ――

2012年2月　海冬レイジ

追伸。
海冬レイジは『機巧少女《マシンドール》は傷つかない』（MF文庫J）も書いています。こちらも担当さんをはじめ、多くの方のサポート&プッシュを賜《たまわ》り、超☆幸福なスタートを切ったシリーズです。現在七巻まで刊行されており、近々八巻が出る予定です。一巻だけでもお話はまとまっておりますので、試しに一冊、ご覧《らん》いただければ幸いです！

えかきのあとがき

あとがきって言われても困っちゃう系
いらすとれーたー(まんがか)の赤坂です。
なぜ困っちゃうかと言うと字がきたないからです。
あとまだならってないかん字とかが、
よの中にいっぱいあるからです。
せけんさまってのはどうしてなかなか生きづらいです。
それでもぼくみたいなのに
えのしごとがくるくらいなので
あんがいすてたもんじゃないの
かもしれません。
もしくはほんかくてきにじんざいがふそ

ところでみなさまはなぜこの作品の
タイトルが「も女」と「も」がひらがなか
わかりますか? ぼくもしらないのですが、
たぶんかん字がかけないぼくの
ためだと思います。

かいとうせんせい、
ありがとうございます。

赤坂アカ

●ご意見、ご感想をお寄せください。

ファンレターの宛て先
〒102-8431 東京都千代田区三番町6-1　株式会社エンターブレイン ファミ通文庫編集部
海冬レイジ　先生　　　赤坂アカ　先生

●ファミ通文庫の最新情報はこちらで。

FBonline　**http://www.enterbrain.co.jp/fb/**

●本書の内容・不良交換についてのお問い合わせ。

エンターブレイン カスタマーサポート　**0570-060-555**
（受付時間 土日祝日を除く 12:00〜17:00）
メールアドレス：**support@ml.enterbrain.co.jp**

ファミ通文庫

も女会《じょかい》の不適切《アイ・ド・ラ》な日常《にちじょう》1

二〇一二年四月一日　初版発行

著　者　海冬《かいとう》レイジ
発行人　浜村弘一
編集人　森　好正
発行所　株式会社エンターブレイン
〒一〇二-八四三一　東京都千代田区三番町六-一
電話　〇五七〇-〇六〇-五五五（代表）
発売元　株式会社角川グループパブリッシング
〒一〇二-八一七七　東京都千代田区富士見二-一三-三
編　集　ファミ通文庫編集部
担　当　衣笠辰実
デザイン　ムシカゴグラフィクス　百足屋ユウコ
写植・製版　株式会社オノ・エーワン
印　刷　凸版印刷株式会社

定価はカバーに表示してあります。

か-12
1-1
1115

ISBN978-4-04-727927-8